遂命手作，秦牧先生文藝執言："我們對待評文章取舍、重輕的唯一標準，是其質量與水準，質量第一，質量是唯一根本標準達到，就可以放膽地評，不管他是領導幹部，還是一介平民。"——高言讜論，博得全體一致擁護。文友在信的最後，以十二字作結："前輩之風範如此，萬世可風也。"

懇達微意，不勝仰望之情。即頌，

秋祺，

王宏剛於瀋陽

一九九一年十月十日

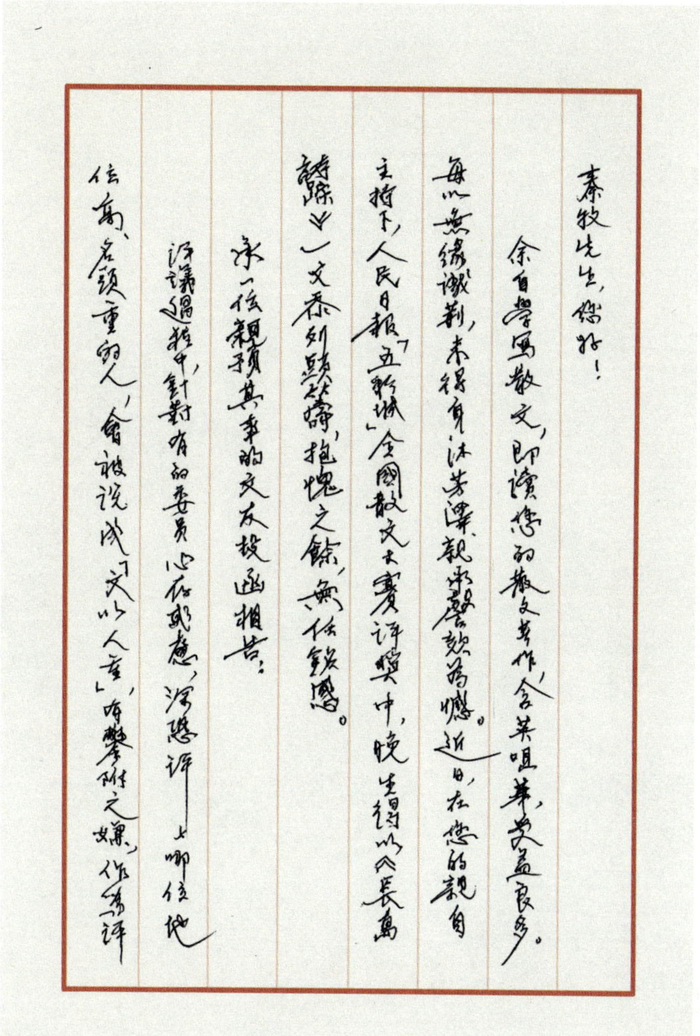

秦牧先生，您好！

余自學寫散文，即讀您的散文著作，含英咀華，受益良多。每以無緣識荊，未得身沐芳澤、親承謦欬為憾。近日，在您的親自主持下，「人民日報」五彩城「全國散文大賽」評獎中，晚生得以《長島詩踪》一文忝列獎末，抱愧之餘，無任銘感。

承一位親預其事的文友投函相告：評議過程中，針對有的委員心存顧慮，深恐評上「哪位地位高、名頭重的人」，會被說成「文以人重」，有攀附之嫌，作為評

作者致秦牧亲笔信（1991年10月10日）

文学书简

王充闾 著

中国出版集团 现代出版社

图书在版编目（CIP）数据
文学书简 / 王充闾著.—北京：现代出版社，2016.4
ISBN 978-7-5143-4642-8

Ⅰ.①文… Ⅱ.①王… Ⅲ.①书信集—中国—当代 Ⅳ.①I267.5
中国版本图书馆CIP数据核字(2016)第061607号

文学书简

作　　者：王充闾
责任编辑：曾雪梅
出版发行：现代出版社
通讯地址：北京市安定门外安华里504号
邮政编码：100011
电　　话：010-64267325　64245264（传真）
网　　址：www.1980xd.com
电子邮箱：xiandai@vip.sina.com
印　　刷：三河市南阳印刷有限公司

开　　本：880mm×1230mm　1/32　　印　　张：10.75
版　　次：2016年6月第1版　　印　　次：2016年6月第1次印刷
书　　号：ISBN 978-7-5143-4642-8
定　　价：49.80元

目　录

自序

书信，在我国古代称呼很多，据说不下二百种；现今仍然通用的，即有书简、信札、函件、尺牍等。作为向特定对象直接传递信息、交流思想感情的应用文体，据史前文物考证，它的出现已有三千多年历史；而《左传》一书就收录了几十封书信，足见其应用范围之广。

我在少年时节，由于亲人就在身旁，未谙离别之苦，因而，对于俗话中的“见信如见人”，还有诗人咏叹的“烽火连三月，家书抵万金”，“鱼书欲寄何由达，水远山长处处同”，无从体认，更谈不上实际运用了。不过，从文学阅读的角度，我接触书信却还不算晚，八九岁时，就曾在私塾先生的指导下，背诵过司马迁的《报任安书》、曹丕的《与吴质书》、李密的《陈情表》，尔后上了中学，又从课本上读到夏完淳的《狱中上母书》和林觉民的《与妻书》，对于那种浓烈、恳挚、真诚的亲情、友情、爱情，确是感同身受，历久难忘。

书信的文体归类，属于散文范畴；但它又有别于散文的其他形式。最鲜明的特征，是带有个人性。它的对象是特定的，是撰述者在特定时空中向预设的某一对象发出的有关个人信息、隐秘情感的半公开或非公开的文字，对应性、针对性、意向性比较明显。

书信的这种半公开或非公开性决定了，在写法上，任情率真，直来直去，无须加以掩饰，可以毕露真实心迹。一般情况下，信札往返，随机应对，信手拈来，原非出自宿构，自然不会作过多的斟酌。对此，金代学者赵秉文有恰当的概括：“因事遣情，不尚虚饰，形吾心之所欲言者耳。”而且，它“比别的文章更鲜明地表现出作者的个性。

诗文小说戏曲都是做给第三者看的，所以艺术虽然更加精练，也就多有一点做作的痕迹。信札只是写给第二个人，日记则给自己看的，自然是更真实更天然的了”（周作人语）。甚至比日记还要可靠——日记撰述者容许有事后修饰的可能，而书信一经发出，即留驻于他人之手，同样是“一言既出，驷马难追”。这样，它的真实性、可信度就更高一些。当然也不排除，有人写信在叙事修辞中可能存在“自我辩解和自我美化”的现象，但终属个别，并不多见。也正是为此，书信的史料价值，一向为学界所高度重视。

与此紧相联结，由于书信的对象绝大多数为亲人、友人、熟人、知情人，又相当于面对面交谈，能够吐露真情，发自肺腑，所以具有亲切感、抒情性、感染力；而且更能彰显作者的癖好、心境、情怀、襟抱，尽现丰神气质、音容笑貌。“函绵邈于尺素，吐滂沛乎寸心”，敞开心肺与人看，无异于在为自己画像。诚如鲁迅先生所说的：“作者本来也掩不住自己，无论写的是什么，这个人总还是这个人”，“所以从作家的日记或尺牍上，往往能得到比看他的作品更其明晰的意见，也就是自己的简洁的注释”。

书信属于应用文体，具有鲜明的实用性。刘勰在《文心雕龙》中，关于书信有专章论述，指出：“书之为体，主言者也。”“言，心声也；书，心画也。”这是说书信的功用：“详总书体（详细地总结书信的体制），本在尽言。言所以散郁陶（消散心中的郁积），托风采，故宜条畅（条贯、通畅）以任气，优柔以怿怀（无拘束地舒展情怀）；文明从容，亦心声之献酬（把心里话表白给对方）也。”这是提示：作为应用文体，书信应该达到的要求。从日常实践中，我们也能体会到，书信的述怀达意，总是为某一实际需要而写，亦即“有所为而作”；立意措辞，总是力求朴实、自然、明确、具体，戒除虚夸失实、含糊笼统。

本着从一般到个别的原则，话题由泛论转到手头这本《书简》上。我想向读者诸君说明两点：编书之缘起与书的命名。

书中辑录了二百多封信件，实际数量远不止此。1996年前，均为手写，大部分寄出的信未留底稿，这样就只能付诸阙如；“换笔”之后，多数通信应用电子邮件，大大地方便了，但是同时也带来了书写的随便，而且，几度更新换代，许多邮件都顺手删除了，未能备份、存档，只有那些内容较为充实，特别是准备扩充为文章的除外。

这篇《一网情深》散文，就是在信札基础上扩充出来的，时在1998年。

“一年容易又中秋。”

外面隐隐传出一片节日的欢声；“哗、哗、哗”——楼上人家在“方城”对垒，麻将激战方酣；隔壁的电视机也正在播放着文艺节目。往日，这时节我已经悠然入睡了；此刻，却未现丝毫倦意。拉拢了窗帘，我把电脑打开，点开了 Outlook Express 的图标，随着“小猫”的一声欢叫，联上了网络。我把“新邮件”打开，填好了对方的网址，撰写了“主题”、“内容”，通过网络，把“望月怀人”的思绪传递给了远方的朋友。

这时，我忽然联想到：友人会不会恰在此刻也发过来一个“伊妹儿”呢？于是，又轻轻点了一下“接收”按钮，随之便展现了一个界面：“您有一封邮件，正在接收……”打开收件箱，果然跳出一个鲜活耀眼的“伊妹儿”。据说，在互联网上，每一分钟，全世界要有上千万个电子邮件同时发送与传递。而我们的邮件居然在如此浩瀚的精神牧场上擦肩“撞击”了，真是“身无彩凤双飞翼，心有灵犀一点通”。怎不令人激动，令人狂喜，令人欣慰呢！

友人的“伊妹儿”，是一封节日通问的信札，也可说是一篇优雅、别致的精短散文。我立刻把它下载、打印出来，留作存档，然后，坐在沙发上轻声地诵读着：

“我们已经习惯在网络上交流、在网络上会面了。我猜想，此刻，你定是同我一样，坐在酒吧间（Windows98）

里，在善解人意的“爱伊”（Internet Explorer）的引领下，畅游这个名为INTERNET的虚拟的现实世界，领略那数字化生存的无限风光……”

友人学富五车，才思敏捷，生性幽默、风趣，特别喜欢开玩笑。你猜他下面是怎么写的？可真把我逗乐了：

“效法元代散曲大家马致远《秋思》的笔调，即兴胡诌几句歪词：今宵花落谁家，知心人在天涯。伊妹传书递柬，无端受杖，深恩——怎样酬答？”

仿佛友人就坐在对面，娓娓地絮谈着，随后，偶发灵悟，若有其事地，把现代虚拟的“伊妹儿”和古代文学经典中的人物——为莺莺、张生传书递柬，遭到老夫人拷打的红娘，巧妙地捆绑在一起，言之动情，读着亲切，极饶兴致，令人忍俊不禁。

（以下从略）

说来也很遗憾，这类文采斑斓、富有情趣的来信，全都未能进入本集。因为依循惯例，除了“两地书”，一般的书信集都是只收“去雁”而不取“来鸿”，本书自然也不能例外。只有个别的为了叙述方便起见，对来函内容作了简要交代。

至于书名《文学书简》，实在是未遑过细斟酌。作者与编者的初始想法，不过是着眼于书简的题材——里面涉及的内容绝大多数都与文学相关；再者，就是我的朋友圈儿，基本上都是“耍笔杆”的，如此而已。

美国文艺理论家韦勒克和沃伦指出，“‘文学’一词，如果限指文学艺术，即想象性的文学，似乎是最恰当的”，因为“‘虚构性’、‘创造性’或‘想象性’是文学的突出特征”。如此说来，这本《书简》以“文学”冠名，恐怕是名不副实了，因为它通体都是纪实的，不存在任何想象、虚构成分。当然，若是引用法国文艺社会学家罗·埃斯卡皮的论述来阐释，“只要能让人得到消遣，引起幻想，或者相反，引起沉思，使人得以陶冶情操，那么，任何一篇写出来的东西，都可以变成文学作品”，倒是庶几近之。

是为序。

王充闾

2016 年 2 月

致祁子青①

子青兄：

久疏音问，殊深怀想。

近日有龙江之行，前往牡丹江市和伊春市参加友好城市签字仪式，昨天刚刚回到营口。喜奉大札，知吾兄事业有成，身健笔健，合家安乐，至感欣慰。

承询近况，有七律一首，聊堪摹拟：

埋首书丛怯送迎，未须奔走竞浮名。
抛开私忿心常泰，除却人才眼不青。
襟抱春云翔远雁，文章秋月印寒汀。
十年阔别浑无恙，宦况诗怀一样清。

关于如何进一步提高散文创作质量，这确是一个值得深入探讨的课题。无奈，这方面所得无多，实不足以谈经验、体会。自去年夏秋以后，（这期间，我曾参加一次为期三个月的省委党校学习）对美学发生了浓厚兴趣，悉心研读黑格尔《美学》和朱光潜、宗白华、李泽厚、蔡仪的美学著作，心中有感，笔下淋漓，写成了一组散文：《心中的倩影》《两个爱情神话》《追求》《五岳还留一岳思》《顿悟》。在过去比较重视形式美与结构、文辞的基础上，更多地着眼于内在的哲

① 祁子青，散文作家、诗人，《江南游报》主编。20 世纪 60 年代，我们曾经共事。

学意蕴，特别是从揭示生活中的哲理和人生感悟方面做些文章，自认较前有所突破。在《中外文学》杂志上刊发后，反映颇好。

近期，吾兄如有诗文撰著，尚望随时寄赠。

充闾

1987年6月16日

致张玉兴[1]

玉兴先生：

您好！

承蒙惠赠大作《清代东北流人诗选注》，至为感佩。

“东北流人”是中国历代特别是清代历史研究中的一个重大课题，但过去学者论及的很少，阅读记忆中似乎只有谢国桢先生的《清初东北流人考》，记述了这方面的史实，里面也涉及那些流人诗词创作的情况；但是，像您这样系统地、完整地编辑、梳理、遴选了清代东北流人诗，确属开山之举。其创辟之功、搜罗之富、梳理之勤，在过去还未曾有。说它填补了学术史、文学史、诗歌史的空白，当非过誉。本书的诸多特点，戴逸先生在序言中讲得极为充分而剀切，我完全赞同，这里就不再重复了。

我只想提出一点建议：正是由于这部著作的学术地位、研究价值，决定了不久的将来，肯定能够再版。本版只印一千册，实在是太少了。我想，在重印之前，先生急需做的，也是应该做的一项重要工作，就是补苴罅漏，首先是把书中（主要是诗句中）的一些错字更正过来。我诵读一过，粗粗计算一下，错讹之字句不下百处。在一部六十万字的钜著中，虽属白璧微瑕，但终嫌碍眼，应该说是学术著作特别是高品位的学术著作所亟应避免的。

具体可分为三类情况：

① 张玉兴，著名清史学家。辽宁社会科学院研究员。

一是明显的误植。如15页“总入山鬼薄”，显系“山鬼簿”之误；“肯道塞边苦”，误为“寒边若”；43页“何人击楫渡中流”，“楫”误为“揖”；59页“七十二湖齐泛棹”，“棹”误为“掉”。这类情况的出现，显然系检字过程中形近字的误植。如果校对人员认真负责，稍加注意，即可发现。

二是从平仄声和前后意蕴上发现，诗句有误。这里，我想着重说一下平仄声的问题。新中国成立前，凡是读书人写作诗词，有一些尽管意蕴平平，水准庸下，但有一点是不含糊的，那就是全都合格入律，不会发生平仄倒置、声律失调现象。因为这是作诗的起码要求。循此规则，一当发现诗句中有不合格律者，即可认定：必有错误。本书中这类情况不少。145页，“荒野落日驱征马”，此句应是“平平仄仄平平仄”，而“野”为仄声字，显然是错了。那么，究竟是什么字呢？可能是“原”，或者“郊”，为准确起见，需要核对原稿，尽量找到作者陆庆曾的原作，或者遴选他的诗作的《国朝松江诗抄》。165页，“数树鸡犬隔辽川”句中，“树”显然是错字，此处应为平声字，也许是“村”吧？还有135页，“渐解经中义，浑忘寒上秋”。无论从声韵或字义上分析，“寒”肯定是个错字，大概系“塞”字之误。这些判别，原本是责任编辑所应该做的。但是，大前提是他要懂得诗律，于诗词有一定研究，否则，就发现不了这类讹误。无奈，现在许多编辑恰恰缺乏这方面的修养，这就没有办法了。

上述两类情况，占错字中的绝大多数。

三是选注中失于鉴察，所造成的错注、误注。113页，季开生诗中的“平子愁多赋特留”。编者注为：“平子，即屈原。”实际上，应为东汉时的张衡。张衡，字平子，他是伟大的科学家，又是一位大文学家，他曾花费十年时间写作了千古传颂的《二京赋》，另外，还有《思玄赋》《温泉赋》《归田赋》等。特别是在任河间相时创作的《四愁诗》，受到了现代文学史家郑振铎先生的高度评价，称之为“不易得见的杰作”。再有丁彭的七律《野眺》（183页），最后一句：“惟令许掾得幽栖”。您注为：“椽，居住的房间”，并引陆游诗句“幽居只数椽”。“椽”与“掾”并非一个字。前者为平声，后者为仄声。平平仄仄仄平平，此处应是仄声字。许掾为东晋时人，《世说新语》载：“许掾好游山水，而体便登陟。时人云：‘许非徒有胜情，实有济胜之具。’”王羲之《答许掾》诗：“取欢仁智乐，寄畅山水阴。清泠涧下濑，历落松竹林。”正是讲他的幽栖境况。

由于珍视本书的学术成果，我在认真诵读过程中，已将发现的有关讹误之处，一一标出。古人云：贤者识其大者，不贤者识其小者。区区小识，刍荛之见。先生如果需要，不揣鄙陋，愿敬谨奉上，留作参考。

王充闾

1989年9月20日

致蒋和森①

和森先生：

您好！

先生为海内名家，久仰声华，缘悭一面，一直引为憾事。日昨，奉读大札，至感欢慰。深深感激您的关注与奖掖。我自知学有未逮，愿把您的鼓励与期许奉为心仪的目标，努力在今后的创作中去实践它。

我学写散文始于50年代后期，十年“文革”，辍废了笔墨生涯，“三中全会”之后，创作的激情又从长久的冬蛰中苏醒过来。心灵上的枷锁挣脱掉了，一种火热的激情和昂扬的活力喷涌而出。无奈，原本缺乏艺术的想象力与雄厚的才情，又兼荒弛日久，时有力不从心之感。朱自清先生“中岁为诗难孟晋”之语，信不虚也。

您是著名的红学家，在这方面建树多多。您的《红楼梦论稿》，我曾读过多遍，深获教益。诚如著名红学家冯其庸先生所说：“在二百年来汗牛充栋的红学著作中，《红楼梦论稿》像高悬在艺术天空里的一轮明月，它将伴随着每一个热爱《红楼梦》的读者和研究者走过他们的一生。”我特别欣赏和首肯您对《红楼梦》的评价：“《红楼梦》是一个伟大的惊叹号，又是一个伟大的问号，还是一个伟大的删节号。”您曾激情澎湃地说，作为一个伟大的艺术心灵，一项巨大的精

① 蒋和森（1928—1996），中国社会科学院研究生院教授、博士生导师，中国红楼梦学会副会长，著名红学家。先生赐信当时，我正在辽宁省委宣传部任职。

神工程，《红楼梦》不仅铭记着形形色色而又含意深长的历史社会风貌，而且还向千秋万代人们的心里，传送着诗情和智慧的火炬。特别是那句话，“中国可以没有万里长城，却不可以没有《红楼梦》”，尤其振聋发聩，警启尘蒙。

那天，在您的《红楼梦论稿》的扉页上，我题写了您的那首七绝：

大荒山下悲啼日，红粉楼头笑语时。
欲解其中真意味，问谁有泪似情痴？

隽句名章，读来口角噙香。

“怅望千秋一洒泪，萧条异代不同时。”也许因为曹雪芹以及高鹗都是著籍辽宁，属于乡先辈吧，我对于《红楼梦》一直怀有无比虔诚、至为浓烈的感情。此间的高校与沈阳、辽阳、铁岭等市，都有一批热心的“红学”爱好者。您如能够拨冗前来，作上一两场有关“红学”的学术报告，自是大家所至望的。

大著《风萧萧》，我曾读过，记得几年前是在上海书店买到的；现又获赠它的续集《黄梅雨》，甚感荣幸。待到认真读解后，一齐向您汇报心得体会，并请指教。

信中述及对电视剧《篱笆、女人和狗》的好感，我完全认同。这里的广大观众也是这样评价它的。待我到大连时，定把您的赞誉转达给导演、编剧及剧组人员。在此先致谢意。至于您所说的“是省委宣传部善于指导的结果”，实际情况并非如此。一则，我们都属外行，对电视剧一向缺乏研究；二则，他们远在大连，即便想做些扶持的事，也力有未逮。应该承认，这完全是他们自己弄成的。即颂

文安

后学王充闾

1991年6月11日

致辽宁日报文艺部[1]

辽宁日报文艺部：

锦州市黑山县诗作者张福成同志，写了《学雷锋感怀》七律四首，寄给一家市报副刊，竟被退回。作者不服气，认为编辑缺乏文学修养，“瞪着眼睛不识货”，“误将真金当黄铜”，于是寄诗给我。我看了深为赞赏，认为此类诗本不易写，弄得不好，就会流于空泛，失之直白。而此四首诗，既能熔铸新词，涵融先进思想，又能做到文采斐然，协律严整，俱见作者功力。

现送上。如果各位也与我有同样看法，望能在副刊上择期发表。

诗作附后：

学雷锋感怀

堪幸雷锋马岁归，中原十亿展心扉。
湘江血泪重筹笔，煤海懿行再映辉。
尽扫邪风宜治本，弘扬正气早腾飞。
云开又见庐山面，应信人间愿不违。

唯君朗朗耀乾坤，不灭光辉壮国魂。
好事千桩皆忘己，山歌一曲总思恩。

---

① 张福成诗作见报后，在一次全国诗词大赛中，荣获二等奖。

常将有限投无限，更觉人尊益自尊。
二十年来重抖擞，英风浩气万年存。

日记由衷感至深，几番重读几番钦。
芳春本是群花放，滴水须将大海寻。
季节分清憎爱线，螺钉拧响最强音。
珠玑字字金光闪，肝胆无私照古今。

学在能行不在言，叶公落胆枉诚虔。
蝇头利重终成患，鼠目光微怎见天！
忧国忧民应奉献，谋亲谋己理笞鞭。
千军争踏雷锋路，万里征途莫息肩。

诗后原注：
湘江血泪：雷锋生于湖南望城。
煤海：指抚顺。
马岁：指 1990 年。
叶公胆落：指叶公好龙的表里不一。

王充闾
1991 年 10 月 7 日

致秦牧

秦牧先生：

您好！

余自学写散文，即捧读您的散文著作，含英咀华，受益良多。每以无缘识荆，未得身沐芳泽、亲承謦欬为憾。近日，在您的亲自主持下，人民日报“五彩城”全国散文大赛评奖中，晚生以《长岛诗踪》一文忝列头筹，抱愧之余，无任铭感。

承一位亲预其事的文友投函相告：

> 评议过程中，针对有的委员心存戒虑，深恐评上哪位地位高、名头重的人，会被说成是“文以人重”，有攀附之嫌，作为评委会主任，秦牧先生仗义执言：“我们对参评文章取舍、轩轾的唯一标准，是其质量与水准。质量第一，质量唯一。只要标准达到了，就可以放胆地评，不管他是领导干部，还是一介平民。”高言谠论，博得全体一致拥护。

文友在信的最后，以十二字作结：“前辈之风范如此，万世可风也。”

恳达敬意，不胜仰望之情。即颂

秋祺

王充闾于沈阳

1991年10月10日

致吕公眉[1]

公眉先生：

春节一别，瞬将成岁；云天遥望，时切遐思。偶因盖县友人过访，问讯先生近况，知健旺如初，不胜欣慰。

我于9月初入中央党校学习，已三阅月，即将结业。回沈后，稍事休整，还将率团访苏。终年总是这样——或则轮蹄迢递，或则案牍劳形，暇日甚少。所幸在党校学习期间，得以聚精会神研读大量重要典籍；还趁国庆节公休，去白洋淀一游，见闻颇丰。蒹葭白露，秋水长天，令人神往。此地不独抗战期间，为"雁翎队"狙击天津－保定间日伪军水上战场，而且因处于燕南赵北，古代文史遗踪甚伙。附近有古易水，闻说即为荆轲别燕丹之地。原以为其地在今易县荆轲塔一带，前游清西陵，曾渡易水、访紫荆关，寻访旧迹未得，后承保定市文物局同志见告，真正的易水送别处，在今白洋淀一带的易水岸边。因此间为燕赵接壤之地，自应在此祖饯。归来，草成七绝十六首，均用八庚韵（个别诗句用九青、十蒸通韵）。拣其中六首寄给《光明日报》，近已刊出，谨随信附呈，聊博一粲。

先生诗文，清新俊逸，近期定有许多佳构，还望惠赐若干，以慰遥思。

金牛山诗社近期可有一些诗词唱和活动？铁辛老撒手尘寰，实为

① 吕公眉（1912—1999），著名诗人、散文作家，长期从事教育工作。铁辛，为著名书法家、诗人陈怀先生；孙临清、赵秉泉，均为盖州青年诗人。

书坛文苑特别是营口市文坛的一大损失，思之令人怅憾。临清诗笔甚健，秉泉雏凤声清，均为我市和全省诗坛有希望的作手，嘱笔问候。

信到之日，我已归沈，如有信函，望寄省委宣传部。

恭祝身健笔健，敬颂

文祺

充闾

1991年11月27日于北京

致温宗辛

宗辛：

来函收读，知你近将就读北京大学图书馆学专业函授本科班，深感高兴；也从你的有志向、肯钻研、勇于克服困难、不断开拓新的进境的思想行为中，受到鼓舞，受到策励，分享了你在实现自我的征程中所感受到的快乐。

信中说到，云南大理并不像想象中的萃美，这可能同你的期望值过高或者凡事力求完美的个性有关系。世间万事，完美无缺的几乎没有；如果出发前又看了太多的景观介绍或者前人、时人的纪游诗文，而你又加以想象发挥，踵事增华，进而形成一种虚无缥缈的“先设图景”，那么，身临其境之后，肯定会大感失望，甚至深悔此行的。

文人多思善感，主体意识强，他们笔下的纪游诗文，总是带有颇大的主体意向、主观成分，即使同在一地，面对同一景观，或褒或贬，常有鲜明的差异；而且，会随着心境、情绪的变化而有所不同。前代诗人对此论述得十分充分，诸如：“感时花溅泪，恨别鸟惊心”（唐·杜甫）；“夕阳芳草本无恨，才子佳人空自悲”（宋·晁补之）；“夕阳芳草寻常物，解用皆为绝妙词”（清·袁枚），说的都是主观作用于客观所产生的不同效果。

我也曾到过大理，住了五六天，可是，什么三塔呀，南诏城啊，五朵金花啊，我都没有太深的印象，唯独对于泛舟洱海时所见到的“苍山雪”有了悟觉，有了感受，归来写了一首七绝：“碧天凉影点苍颜，古雪神云水上看。缩取银峦供画本，归来冰玉满胸间。”之所以会是这样，盖由于我特别欣赏那种清虚、超拔、通灵、神秘的境界与意象。若是换另一个人来游览，就不见得作如是观了。

除了上述因素，还有一点，审美学上有“审美心理距离说”。瑞士心理学家、美学家布洛，在《心理距离》一书中说，“距离要求，被视为‘审美知觉’的主要特征之一”；美感是主体与对象在保持一定的心理距离时产生的，没有距离的间隔，美和美感均不可能成立。作为一种审美原理，距离使得审美和艺术提高到超出实践关系、超出个人利害的狭隘范围之外，使一切审美价值与实用的、功利的、科学的或伦理的价值区别开来。

陈独秀先生有两句名诗：“相逢不及相思好，万境妍于未到时。”未登上的土地往往是最富魅力的。

承询哪些地方值得一去，从上面所述可知，这是一个颇难回答的问题。依我曾经到过的而言，国外，我认为应该去俄罗斯看看。你们年轻人，我不晓得；我们这些中老年人，过去受苏、俄文学的影响实在是太深了，到那里转转，会有前尘梦影、似曾相识之感。国内可去的地方就更多了，还说云南——因为从你们重庆到此间很方便，我在丽江听过“纳西古乐”，印象颇佳；西双版纳的边陲风光也极有特点，异国情调很浓；至于九寨沟，离你们就更近一些了，我曾写过一篇纪游散文，激赏那里的尚处于“童贞状态”、未经人工开发的原始景观。那里的山水，是那样素朴、坦白、净化，没有历史的负担和现实的雕琢，在在都显示出它的原始状态与本来面目，置身其间，可以获得一种天启般的解悟。不过，现在如何，不得而知，也许一切一切都非复旧观了。

我的散文集《清风白水》，近由作家出版社印行，现随信给你寄过去，暇时可以翻翻。里面除了收录九寨沟的游记，还有一篇关于同你的父母交往的忆念文字，题曰：《永存的微笑》。现在，他们都仙逝了，言之令人唏嘘。令尊学富五车、文采斑斓，写了几部分量很重的史学著作，我都认真读过，尝以缘悭一面为憾，而今而后，就更没有相见的可能了，怎不令人抱终天之恨！

就此收笔。祝你

不断进步！

王充闾

1992年5月28日

致高炜

高炜：

你好！

在你的督促和指引下，近日我开始关注勃朗特三姊妹的作品，仔细、认真地读过了《简·爱》和《呼啸山庄》。这两部名著，青年时期，我也曾经读过，但没能留下深刻的印象；也许是由于时空的限隔，境况的生疏，对于作品的意蕴和作家的心路历程，缺乏深入的理解。这次重读《简·爱》，觉得一个瘦骨嶙峋、身躯柔弱，却勇于抗争、不安现状、敢于争取自由和平等地位，而且富有激情、幻想的少女形象，鲜活地走出书本，而挺立在我的眼前。一百多年来，她以精神上和道德上的美感力量，征服了千千万万的读者，成为无数青年女子效法的榜样。此其一。

其二，三姊妹把至深至博的爱意贯注于她们至柔的心灵、至弱的躯体之中，然后一一熔铸到作品中去。这种情感、意念乃至血液与灵魂的移植，是春蚕般的全身心的献祭，蜡炬似的彻底的燃烧。作品完成了，作家的生命形态、生命本质，便留存其间，成为一种可以感知、能够抚摸到的活体。在简·爱看来，前一点是尊严，后一点是真爱。二者合起来，便涵盖了人生的价值。

其三，创作光有文学功底不行，还须具备通灵的悟性和深刻的生命体验，特别是小说作家。夏洛蒂如果没有她幼时贫穷、困苦、孤独的切身经历，以及对于这种经历的生命体验、深切感悟，那么，她也就谱写不出孤女简·爱坎坷不平、奇崛傲岸的生命乐章。看得出来，生命体验与灵性感悟对于一个作家该是何等重要！生存苦难和精神困惑，往往成为一个作家实现超越的前提，它能通过强烈的心灵震撼和情感共鸣引起艺术发现的欲望，激发作家寻求形象的表达。这是一种穿透性、原创性很强的极具生命力的思维形态。

说是阅读心得也好，说是学习汇报也好，小老师看看，能不能给个及格分数？

王充闾

1993 年 5 月 6 日

致高殿成[①]

高政委：

您好！

在您的亲自安排下，与香港大公报记者同行，前往巴林右旗及附近草原采风，任务得以顺利完成，十分感谢。由于走得匆忙，您正在外开会，未及当面汇报，现以书面纪实文字，作一报告：

这次采风活动，安排一天，全程由孟参谋长陪同。他已在这里多年，现在工作即将调动，妻子特意从山东老家赶来，他便带她一起出游。

我们一行六人，凌晨用过早餐后，即分乘两台越野车出发。路经西辽河，河道很宽，乱流四溢，朝阳下金光闪闪。时当六月初，野草尚未长高，大家不免有些失望。突然看到左面山峰酷似睡美人，胸部隆起，两脚曲起，平卧苍冥之下，人们心神为之一振。

行至半途，与一羊群相遇，不下四五百头，前面草原绿毯茸茸，丛林蓊郁。大家就要在这里驻足，孟参谋长却说，更漂亮的景观还在前面，那里有一座湿地水库，野鸟成群。他的妻子曾当过民兵连长，一听说有水鸟，高兴地说，咱们比比枪法吧。

车行至水库边，“嘎”的一声停下。视野所及，果然是茂草芊芊，牛羊遍野，一大队马群悠闲地徜徉在草地上。湿地上，水鸟上下翩飞，有大雁，有鹭鸶，有野凫，还有许多叫不出名字的小鸟。天上的

① 高殿成，少将，时任赤峰守备区政治委员。三年前，我们曾在中央党校同班学习。

白云，犹如一座座汉白玉盆景，缓慢地变幻着。当年的女民兵连长一见到成群的水鸟，不禁心烦技痒，早已按捺不住心头的兴奋，端起小口径步枪，就认真地瞄准起来。可是，枪膛里却没有子弹。孟参谋长一看，扑哧笑了，说："闹了半天，忘带子弹了。"妻子才不信他的话呢！但她心里也矛盾起来，若是真能打上几只，确也过瘾；不过，环保意识告诉我们，人类有义务珍惜动物生命，应该与大自然环境和谐相处。想到这里，她便轻轻地放下了枪支。

这时，突然卷起来一阵草原风暴。刚才还是晴天丽日，片刻便黑起了面孔，阴霾满天，原来的汉白玉盆景早已被大片黑色的云团所取代，一时惊沙四起，天昏地暗。群马惊慌地翘起尾巴，顺着风疾驰；老牛则一蹦一蹦地奔逃；而羊群却聚到一处避风的场所，围成一圈，静静地站着不动。风沙过后，随之，豆粒大的雨点便紧一阵慢一阵地落了下来。小鸟则惊慌地躲进草丛里潜伏着，一动也不动。我们并不忙着找地方避雨，而是呼啸着、欢跳着，在雨中乱跑。直到风停雨止，云散天开，一切归于新的宁静。

这时，才察觉到肚子饿了。参谋长从车里取出大量食品，分赠给大家一块块面包、一节节香肠、一瓶瓶汽水。食品之外，他把几发小口径步枪子弹递到妻子手里，然后吐了吐舌头，妻子却温柔地笑着，向他亮起了拳头。然后，庄严地说："报告参谋长！上级指示，不准开枪。原数奉还。"逗得在场人员哈哈大笑。

政委：您看，此行是多么富有情趣啊，可惜，您没有到场。

王充闾

1994 年 6 月 10 日

致李晓虹

晓虹博士雅鉴：

辽宁教育学院臧恩钰教授近日自京归来，谈及您正在撰写有关当代散文的论著，并嘱我给您寄上散文作品集及有关资料。谢谢您的关注。我们虽然未曾谋面，但从臧先生的介绍中，知您学术视野开阔、治学态度严谨、思想精密深邃，不胜钦仰。

我总共出版过四本散文随笔集：《柳荫絮语》《人才诗话》《清风白水》《当代散文大系·王充闾散文随笔选集》，还有一本《春宽梦窄》正在印刷中。现寄上其中较有代表性的两种，另有一册文化艺术出版社编辑的《王充闾创作研究论集》。

最近，中国作协偕同作家出版社在京组织讨论了《清风白水》，许多知名学者、作家出席会议并发了言。您的导师林非先生率先发言，奖掖有加。荒煤先生在医院，抱病写了一封长信，略谓："我很同意郭风在序言中的评价，这本散文集确是独具一格，文笔洒脱，放得开，撒得远，收得拢，自由自在，颇见功力。作者如能保持和发展这种'出格'继续前进，相信会在散文天地里闯出一条新路来的。"重点是在后面，他说："散文之散，关键在于作者自由地就所见所闻随意抒发自己的感受，虽然也不能不联想到古今中外名文名篇、诗词歌赋，旁征博引，但不宜太多，否则就会近似炫耀。还是以少而精为好，应该着重地表现自己特有的感受。"言简意赅，直击要害。听了不啻醍醐灌顶，甚至是击一猛掌。

按照发言顺序，还有吴泰昌、张锲、石英、谢冕、周明、阎纲、崔道怡、徐怀中、莫言、雷达等多位人士，绝大多数都是头一次见面。他们在充分肯定作品收获的同时，也指出了缺陷与今后努力方向。主持人玛拉沁夫作了总结，说：这次研讨涉及散文创作的诸多方面，不单是讨论王充闾的作品，实际上也是一次散文创作的专题研讨会。

应该说，受益最多的还是我，确是大开了眼界，大长了见识，得到了最大的策励。那时我的散文最大的缺陷，正像荒煤先生所指出的：引述过多，“近似炫耀”，缺乏“自己特有的感受”，看不到作者自我。有鉴于此，下一步，我要注意有针对性地读一些主体意识强的作品，重点钻研鲁迅的文章，反复玩味个中的奥妙，争取尽快地有所进步，获得突破。

臧先生可能介绍过了，我并非专业作者，充其量算是一个“亦劳亦武”的民兵。也可能从业余创作的角度吧，论者抱着一种相对宽容的态度，说了不少鼓励的话。我清醒地自知，学有未成，力有未逮，好在前进方向明确了，今后会多加努力的。

紧张写作与课业研习之余，您如能拨冗北上，赴辽考察，至为欢迎。

林先生处，请代为问候。

王充闾

1994年10月11日

致王雅轩

雅轩表姐：

你好！

电话中，听得出你的挂念心切与关怀之殷，使我深受感动。记得四十年前，当你听说我患上了肺结核，立刻跑到学生宿舍去看我。你那时正在小学讲课，还没来得及放下教案，带着满头的粉笔屑末，就赶来耐心地开导我。看我过了饭时还未用餐，便拉着我去中学后身的包子铺，吃的是包子还是饺子忘记了；印象最深的是你身上没有带钱，后台跑堂的是你的学生，代你垫付了。其情其景，恍如昨日。

这次又做了一次手术，这是两年前的事了，当时由于怕你牵挂，所以也没有通报；现在你知道了，其实风险已经过去。犹如一场疯狂肆虐的暴风雨，化而为云散天开，玉宇澄明。前段复查后，医生告诉我，放心吧，没有问题，可以有把握地作出这个结论。手术创伤也恢复得很好，眠食完全正常，信心增强了，我每天照样坚持锻炼。

应该如实地讲，手术当时，我的心绪很糟，说不清楚是紧张、是疑虑、是沮丧、是悲观，也许这些都兼而有之。过去几十年，我一直绷紧生命之弦，拼命驱驰，为的是学有所成，得遂夙志。像一列隆隆飞驶的火车，奔赴想望中的目标，放弃了身边的一切风景，不肯作片刻停留，可是，正前方突然桥断基倾，发生了险情、事故；又仿佛一个农夫终岁劳作，日夜渴望着丰收；一朝遇到无情的冰雹、意外的霜冻，自然会产生失去依托、失去动力的失落感、幻灭感，必然由原来的壮怀激烈、踌躇满志，一变而为心灰意冷，锐气潜销。当时有一种特定的心态，就是对什么也不那么相信、不那么执着了。看来，在偶然性显现的场合，是难以讲说什么规律的。

这种巨大的心理压力与心理创伤，随着身体的康复、信心的倍增而日渐平复，加上文学创作上一些成果的获得——记得术后两个月，即接到人民日报文艺部的通知，让我晋京领取“中国匹克杯”散文竞赛一等奖，这也增强了进取心与自信力。现在，情绪早已恢复正常，切望大姐免除挂念。

咱们上一辈的亲人，绝大多数已归泉壤；同辈的兄弟姐妹行中，包括我的姨娘、姑妈的子女，只有你是最年长的。令人欣慰的是，你的体魄幸称旺健。人说，知识女性往往长寿，事实也正是这样。

祝你

百事顺遂，康强高寿！

弟　充闾拜上

1995年10月6日

致张毓茂

毓茂同志：

我刚刚从北京开会回来，进了屋就想给您挂个电话，表达我的衷心感激之情。

前天晚上，已经到深夜了，全国第五次作家代表大会主席团会议，正在京西宾馆举行。（主要是差额选举全委会委员，计票复杂，耽误了时间。）突然，中宣部值班室转过来一个电话，说是民盟中央副主席张毓茂教授找我。我看了表，当时是 12 点 23 分，您还没有睡下，一直挂念着我的事。电话还不好挂，几经周折，终于找到了我，为的是祝贺我顺利当选。您当时说的几句话，我一字未漏，记在了笔记本上：

> 你当上了宣传部长，我不祝贺你，宣传部长多着呢，祝贺不过来；你加入了中国作家协会，我也没有电话祝贺，因为那只说明作家身份得到了组织承认；这次你通过差额选举，当上了全委会委员、主席团委员，意义不同一般，说明你获得了作家朋友们的普遍认可，这是我特别看重的。

当时正值数九寒天，外面滴水成冰，真是又饥又冷又累又困。可是，您的这番话语却使我感发兴起，倦意全消，受到了极大的鼓舞。

我要再次郑重致谢，并且表示一下态度：我当继续刻苦努力，以不负老朋友的期待。

充闾

1996 年 12 月 21 日

致刘文艳

文艳同志：

询关于辽宁歌剧院演出的歌剧《苍原》的观感，总的觉得很好。这部具有鲜明中国风格与民族特色的史诗性正剧，采用西洋美声唱法和歌剧表演形式，堪称是一部民族性与世界性相统一的优秀艺术作品，可以说是西洋歌剧民族化的典范。

如果从高标准、严要求的角度，探讨它的不足，我以为主要是在剧情人物处理上，还存在着某种缺陷。现在看，《苍原》的情节设置，着眼于构建错位结构，以推动剧情发展，展示主人公丰富、复杂的内心世界，这无疑是必要的。但是，由于过分地突出了内部矛盾，特别是在尖锐复杂的民族矛盾与敌我斗争面前，在整部存亡处于千钧一发的非常时刻，把主人公渥巴锡描绘成迟疑退避，一筹莫展，进而轻率地采取易汗让位的举措，势必产生削弱其完整形象的负面效应。应该说，这是十分成功的整部剧作中的一个败笔。

我还准备专门著文论说这一看法，这里只是点个眉目。纯属个人意见，未必得当，尚待识者指教。

王充闾

1997 年 2 月 12 日

致诗词编者

《中华当代诗词风赋二百家》编者：

您们好！

闻说本编将遴选当代诗人222家，收入诗词作品1354首，搜罗之闳富，囊括之赅博，在当代众多诗词选本中，允称上乘。应该说，这是一件功在当今、泽被后世诗坛的功德无量的大好事。据说，书中准备收录拙作诗词达15首之多，抱愧之余，殊深感佩。

稍感不甚惬意者，是工作人员告知，选录的前提条件，必须认购15册书，否则“恕不收纳”。对此，在下颇不以为然。历朝历代，选诗为百世功，贵在坚持标准。应该是质量唯一，宁缺毋滥。如果不合标准，纵令认购再多，也绝不能降格以求。再者，考虑到诗词入选，与认购图书联结在一起，选一首诗，认购一册，也觉得有些意兴索然。不知道自己入选了这么多诗，究竟是诗艺超拔，还是出资购书使然。说句到家的话，15册书，也不是真的就负担不起；但若是以此为前提，就只好甘愿放弃入选机会了。

即颂

编安

王充闾

1997年8月8日

致柯灵

顷接著名作家、资深学者柯灵先生赐函，内有“拜读大著，深佩博雅。单复兄南来，情不自禁，为说项斯，乃承华章遥颁，并赐近作多种，欣幸之感，有如贫儿暴富。读《大公报》记者文，更开鄙陋，何快如之”等语，愧不敢当。（原信见《柯灵文集》第六卷）

当即敬复。

柯灵先生大鉴：

恭奉瑶函，感与愧并。先生拔擢后进，奖掖有加，令我感发奋起，自当以所教奉为准绳，兢兢求之，以不负厚望也。

先生信中谦称“已到望九之年，老而无成”，其实，您早岁即已名满神州，文光耀世，垂六十载，举凡散文、随笔、杂文、小说、戏剧、电影、儿童文学、文学评论等各个门类，无不硕果累累，成就斐然。而驽骀如我者，亦已年届花甲，清夜无眠，皤然自省，直觉愧憾多多，存在着诸多可以总结、堪资借鉴、应该吸取的教训。

自认赋性尚称聪颖，又在八年私塾中系统接受了传统文化教育；而且数十年间，朝乾夕惕，无时或懈，投入的不可谓不多，但收获的实在又太少。其间，主客观的原因都存在：

一是，高中毕业时，患上肺结核病，失去了报考一流高校的机会，病愈后，在一所中学教书，并被保送到高等师范院校本科就读，中间又遭遇“啃青”——因教育事业飞速发展，应工作急需，毕业前一年，就被选拔出来担任中学教师。工作环境，僻处县城，眼界狭窄，周围人群没有更高远的志向，自己也满足现状；没能及早考取研究生，获得进一步深造。

二是，环境所限，身旁没有遇到高层次的名师、大师级的人物，缺乏明人指点，缺乏明确的努力方向，缺乏标杆与激励机制，纯然靠自己摸索，以致悟道太迟。

三是，外语不过关，所学俄语遭到废弃；接触西方哲学、史学比较晚，而且研究不得法，亦不够系统、深入，对现代人文科学只能说是一知半解，缺乏坚实的基础。相对于中国传统学问的研索与掌握，两者不相匹配，属于瘸腿，不能相得益彰。郁达夫先生在新加坡买了三千册英文书，一夜看一本。有人问:“为什么不看中文书，连一部《辞源》也不买？”郁先生说:“九岁我便会作诗，十八岁赴日留学，读的中文书数以万计，专攻过《辞源》，现在应该多读英文书。”闻之怃然。

四是，本来就耽误很多，中间又有一段时间，不适当地痴迷于古典诗词的写作，应该承认，这是走了一段弯路。窃以为，旧体诗与新诗，文言文与白话文，在遣词造句、表述方式、体例、程式，甚至思维方式上，都存在着明显的差异。我以写作现代散文为主，如果耽于旧体诗词而不能自拔，势将有碍于思路的拓展、文势的挥洒。

五是，从政较长一段时期，在待人接物、处理复杂事务方面积累了经验，观察、分析问题比较全面，政治上较为成熟，视野也比较开阔，但是，在洞明世事的同时，未免磨损了自性，更影响了艺术想象力、观察力、表现力的发挥。

六是，从客观因素讲，受到社会、时代的影响颇大。前半生遭逢多次政治运动，而且，都是在人生成长最关键的青壮年时期；到了老年，总算可以自己支配时间，选择道路，却为时已晚。朱自清先生有言，“中岁为诗难孟晋”，旨哉斯言。

信笔写来，尘秽视听。虽曰掬诸肺腑，恐亦片面、芜杂，还望先生不吝赐教。

王充闾拜上

1997年10月17日

致康启昌

启昌大姐：

您好！

我自去年下半年，多次参加中国作协采风活动，在沈时间较少。又兼我即便回来，也因赶写文章，而蜗居斗室，绝息交游，以致误事多多。就中，最不可饶恕的，是鲁野兄逝世已半年矣，而我现在才得知这个噩耗，真是死罪死罪。

天道无情，哲人其萎！作为迟献的花圈，敬题七律一首，以寄哀思：

崎岖历尽惜明时，红烛长燃力不支。
珠玉未随清梦杳，文名久被世人知。
萍踪汗漫千程远，噩耗沉埋半载迟。
静夜无眠怀旧雨，一篇薤露寄哀思。

王充闾

1998年1月7日

致沈阳师范大学

沈阳师范大学

于文明同志：

大函阅悉。知沈师大中文系经专家评定、国家教委审批，即日起将设置当代文学硕士研究生点，这是一件令人快慰的喜事。为祝为颂！

信中谈到，准备聘我为带硕士研究生的专职教授，讲授文学创作课程，每学期三十六个课时。感谢学校对我的信任与垂顾。但是，我现在仍在省人大常委会任职，同时兼任省作家协会主席，并且是中国作协的主席团成员，每个月都要参加一些会议。而且，创作任务也十分繁重，各地约稿甚多，文债山积，清偿无计，左支右绌，压力甚大。诚恐贻误教学与辅导工作，有负校方与学生的期待。是以谨此辞谢，敬希见谅。

王充闾

1998年3月4日

致刘文玉

文玉同志：

您好！

首先，热烈祝贺您从事诗文创作五十周年！作为沈阳市文联扛旗人和诗歌界的耆宿，长期以来，您对于省内外诗文作者，博施雨露，霑溉良多。而我，就是一个实实在在的受益者。多年来，从您这位良师益友身上，获得过大量有力的支持，至今铭感五内，萦萦不能去怀。

您这方面的感人事例颇多，这里只讲一件事情——

近年，台湾《世界论坛报》连续多次转载我的散文，仅今年 4 月份，就刊发了《忻州说艳》《采石江边》《两个爱情神话》《他从这里走进了历史》等多篇。盈盈一水，两岸隔绝。我从来没有主动地投过文稿;那么，文章是怎么传到海峡彼岸的呢？开始以为，是承香港《大公报》编辑帮忙（因为我在《大公园》副刊上发表过多篇文章）;后来，经过辗转查询，才知道是由大陆沈阳市一位资深诗人推荐的。他把所见到的刊载我的作品的杂志逐期奉寄，不惮其烦，可是，却从来不向作者本人矜耀、炫功。

至于说“沈阳市一位资深诗人”，我想来想去，非您莫属。结果，电话一问，您就笑了，风轻云淡地说：“这是好事，是我应该做的。”

这使我联想到，80 年代初，营口市的市委书记王宝纯同志。那天，一个偶然机会，我们在东北旅社碰面了。我说：“王书记，你知道，我工作在省委，家却在营口，现在还两地分居，干脆把我要回去吧！”他却严肃地说：“这是组织上考虑的事，我怎能去要呢？”因为说得在理，我自然也没有任何想法。但几天过后，省委组织部一位领导找我谈话，征求意见：是否考虑过工作调动问题？我如实地讲了上述情况。那位领导笑了，说：“正是宝纯同志代表市委提出要的。但他原则性强，一切公事公办，不想个人买好。”宝纯同志口碑很好，我们在一个班子里共事五年，受益良多。斯人已于去年因病去世，但风范永存。

您也是新中国成立前走进革命队伍的老同志，等身诗文，固足光耀神州，而懿行盛德，尤其堪称表率。

诗文创作五十周年大庆，为诗以赠：

管领吟坛盖有年，奇葩新秀两争妍。
群贤共仰诗思健，彩笔长描正气篇。

即颂

文安

王充闾

1998年6月30日

致香港《大公报》

《大公园》副刊

编辑先生：

您转来的读者宗元先生的信，已经收读。信中指出：拙作《鹭鸶的苦境》中的“鹭鸶”系“鸬鹚”之误，这是完全正确的。见信后，我就在文稿中把它改了过来；如果能在贵报上郑重刊出指误意见，尤所至盼。

本想直接寄信给宗元先生，但因不知通讯地址，只好烦请先生代致感佩之忱。

王充闾

1998年10月13日

致沈靖浪

翻检年来形成的卷宗、文稿，偶然发现湖南省临湘市长城路 4 号沈靖浪先生 3 月 14 日的来信，内有一首七律《八十抒怀》，并以半副联语征对。这半副联语是：“缘结文字三生，雨露均沾濡老朽。”当时不慎压存卷底，未作答复，实乃大不敬之甚也。为了不致造成终生遗憾，现立即把笔作复。

沈老先生钧鉴：

晚生实在罪过，沈翁三月中旬的信，直到今天我才发现。那段时间，我曾有三晋之行，回来又因杂事丛集，未能及时开封，致稽作复。敬请多多见谅。

先生的律诗格调高古，用字考究，有蕴涵，有韵味，炉火纯青，具见功力。所征联语，谨复如下：

出句：

缘结文字三生，雨露均沾濡老朽；

对句：

心通灵犀一点，诗联共赏启新知。

仓促续貂，碍难应命，聊偿愧憾而已。

新年即至，遥颂

康祺

王充闾于沈阳寓所

1998 年 12 月 21 日

致骆志云

收到浙江省义乌市读者骆志云寄来的购书款一百元，很过意不去，却又不便退还，只好将我所有的作品各拣出一本寄去，以慰远方书友。

骆志云先生：

春节好！

感谢您的青睐。虽然我从50年代末就开始散文写作，但作品的结集却是新时期以后的事，至今已先后出版了《柳荫絮语》、《人才诗话》、《清风白水》、《当代散文大系·王充闾散文随笔选集》、《鸿爪春泥（旧体诗词）》、《春宽梦窄》、《沧浪之水》（繁体字，三联书店香港有限公司出版）、《面对历史的苍茫》、《三人行·名家散文精品》（王充闾、叶楠、李存葆合集）、《中国当代散文精品文库·王充闾散文》等十部作品。现在，我把手头现存的九部，一一选拣出来，给您寄上；还有一本《柳荫絮语》，因为出版较早，手中暂时失存，但我可以到春风文艺出版社去翻翻库底，估计能够找到；还有一部新写的历史文化散文《沧桑无语》，即将在上海东方出版中心印出，一俟样书到手，我就连同《柳荫絮语》一道，给您挂号寄去。切盼能够得到您的批评与指导。

即颂

时安

王充闾于沈阳

1999年2月2日

致聂鑫森

鑫森先生：

您好！

去年12月温州之旅中，我们曾相将游于谢灵运池上楼遗址，谈笑甚欢，备极融洽，留下了极好的印象。记得归来后，就收到了您寄来的自作国画，并有一首题诗："才辞雁荡几重秋，又觅风流谢氏楼。池水已无春草死，苍苍暮色拥孤丘。"我当即复函，深致谢意，料已达览。

日昨，又见到刊载于湖南日报副刊上您写的《王充闾印象记》，肩题是"不管他任过什么职务，从骨子里透出的仍是一种学者和作家的气度"。令我深深感动，许之以为知己，当即顺口呼出：知我者，聂子也。

您的散文和旧体诗，逸韵天成，都写得十分出色。我尤其喜欢您的短篇小说，往往是想落天外，意出尘表，令人拍案叫绝。

即颂

文祺！

王充闾

1999年4月10日

为《语文三昧》杂志题词

《语文三昧》编辑部：

大札奉悉。

谬承青盼，感愧何似。遵嘱，题词如下：

作为民族文化的基石，语文既是科学，也是艺术，是陶铸灵魂、增长才智、把握知识、实现全面发展的基础性学科。一朝谙熟，终生受用。

王充闾于沈阳

1999 年 4 月 11 日

致《文艺报》

新世纪伊始，《文艺报》刊发中国作协全体主席团成员的新春寄语，并附照片。

我的寄语是：

春天是美丽的，百花争艳，万物昭苏。然而，自然界的春光又是不能久驻的，转眼间，繁花似锦、姹紫嫣红变成了落英缤纷、残红委地。古代有人幻想“三百六十日，长是看花时”，实际上很难实现。世间一切事物，有盛就有衰，耀眼芳华何尝不是如此！要想挽住芳菲，我看最好的办法，是把它留在心里。

心里有了明媚的春光，就会心花怒放，充满勃勃生机；就会灵光四射，迸发创新精神，展现青春活力。因为春光、春色是与青春联系在一起的。

其实，生活很像镜子，你对它笑，它也对你笑；你对它哭，它也对你哭，正所谓“象忧亦忧，象喜亦喜”。快乐无须他求——心里有了长驻的春光，任它四时代谢，总会芳菲满眼，生机盎然。

王充闾

2000 年 1 月 29 日

致徐中玉

敬爱的徐先生：

翻开日历，今天是 2 月 15 日，适逢您的八十五寿辰。吃过早饭，我立刻提起笔来，修书祝贺。恰好“绿衣人”又送到了您惠赐的大函：“近读到一些大作，高雅可风。前天，建法（《当代作家评论》执行主编）过泸，曾得一叙。刊出吴俊同志文（指该刊登载的《散文大家王充闾》），读者之论，可见一斑。贺之。”诵读之余，铭感五中，殊深愧怍。

记得 1997 年 2 月，您曾经赐信，告我以赴美讲学情况，同时谈到：“每见大作，总仔细看完，很有情致，洒脱，很钦佩。”充分体现了文学前辈对后学的关注与奖掖。翌年 9 月，您又专函祝贺拙作《面对历史的苍茫》的出版。这一切，都给予我无穷的鼓舞力量。我暗暗地下定决心，一定要刻苦向学，兢兢为之，努力做得更好一些，以不负文学前辈的期许。

近日与沪上东方出版中心谈妥，拟将书稿《何处是归程》送去付梓。计七十篇，约三十五万字，分为《风铃守候着童心》《行过悠悠岁月》《浮世清欢》《裁剪诗情入客怀》《坠绪茫茫》《他们从这里走进历史》六部分，题记为两首七绝：

一

世间无缆系流光，今古词人引憾长。
且敛飞花存碎影，勉从腕底感苍凉。

二

生涯旅寄感飘蓬，浮世嚣烦万类争。

为雨为晴浑不觉，迢迢心路觅归程。

一俟印制出来，即刻送呈，以求指教。

如先生所知，晚生近年散文写作，以历史题材为主。写作中思考较多的，一是关于历史题材散文的史事与情思的关系；二是历史题材散文的史实与今义的结合问题；三是历史材料在创作中审美意义的生成；四是历史真实与艺术真实的相互制约与相辅相成；五是历史题材散文的现实期待；六是历史题材散文特有的审美价值；等等。

先生为文坛巨擘，著作等身，对于文艺理论尤有精湛而独到的研究。1994 年末赐赠的《激流中的探索——徐中玉论文自选集》，至今我已读过多遍，从中获益极深。治学之余，尚望时时有以教我。

古人云：仁者寿。祝愿先生身健笔健，福寿绵长——何止于米，再庆期颐，相期以茶。

王充闾寄自沈水之阳

2000 年 2 月 15 日

致蔡嘉蘋[1]

嘉蘋女士：您好！

奉读大札与散文集，十分欣慰，谢谢您的关注。从信的落款处，知一个月前即从香港寄出；可是，久经辗转，直到昨天我才收到，致稽作复，甚以为歉。

四年前，拙作《沧浪之水》在香港三联出版，作为责任编辑，您曾给予多方面的指导、帮助，我一直铭感于衷。记得还曾通过电话，但当时并不知道，刊载于香港《大公报》副刊上的"舒非"的文章，竟出自您的手笔。这次集中奉读，倍感亲切，印象也更加深刻了：清新俊逸，鲜活灵动，生活气息浓郁，令人爱不释手。

您推荐的文章，我已给《万象》的编辑陆灏先生寄去，待处理结果出来后，我再驰函报告。

我已经转岗到省人大工作，业余时间仍然从事散文写作。随信寄上去年出版的散文集《沧桑无语》，请您指教。此书一年内已加印三次，各方面反映尚好。

您说今夏将有东北之行，到沈阳时，务请告知，我当前往迎候，面致感念之忱。

即颂

文安

王充闾

2000年3月30日

① 蔡嘉蘋，香港女作家，笔名舒非，香港三联出版公司编辑。

寄书于文政

沈阳诗友于文政先生雅擅诗词，作品在全国诗词大赛中曾获一等奖。交谈中，说到极爱清代著名诗人黄仲则的诗，可是《两当轩诗集》，苦于无处购得。分手后，我立即百般求索，终于在鞍山新华书店买到，当即给他寄去，并附七绝一首：

多君健笔赋鸿章，南北骚坛擅胜场。
百卷清诗罗几上，两当轩里共吟窗。

王充闾

2000年6月16日

致汪一方

接常州读者汪一方来信，略谓："拜读历史文化散文集《沧桑无语》，眼界大开，获益匪浅。那是一本适宜于细细品味的著作，沏一杯淡茶，坐在窗前，一卷在手，每有豁然开朗的心情。不亦快哉！"

遂复一函，附七绝一首。

汪先生：您好！

承蒙错爱，无任感怀。塞北江南，情通一线。常州为我旧游地，曾多次过访瞿秋白、张太雷、苏东坡、黄仲则、赵瓯北等今古先贤遗迹，也曾到过武进的阖闾城、淹城遗址，留下了深刻的印象，至今魂梦犹经常萦绕其间。现在，又结识先生，虽未曾获一面之雅，亦当结想于无穷也。率题一绝，以抒瞩望之殷。

文园万里有知音，惭愧南天瞩望深。
我正因之梦吴越，盈盈碧月点天心。

王充闾

2000年7月18日

致杨仁恺

日前，享誉海内外的博物馆学家、书画鉴赏大家、辽宁省博物馆名誉馆长、文史研究馆名誉馆长、辽宁省书法家协会名誉主席、美术家协会名誉主席杨仁恺先生，以其杰出的成就，特别是对历史文化遗产的考鉴、拯救及中国文化在世界的传播中所作出的卓越贡献，获得省政府授予的“人民鉴赏家”荣誉称号。余以省作家协会主席名义，向杨先生致信祝贺。

杨先生雅鉴：

您以杰出的贡献、卓越的成就和播声海内外的崇高名望，获得“人民鉴赏家”的殊荣，端属实至名归，诚辽宁文坛之盛事，为我辈文人之所宜同庆也。

欣慰之余，题赠七绝一首，敬希两正：

鉴美弘文五十年，神州域外仰高贤。
宗师德业称型范，霞彩桑榆丽满天。

王充闾

2000年10月11日

致辽宁教育出版社

辽宁教育出版社：

承蒙委托审读《饮水词笺校》一书，感谢编辑部的信任。

这是一部兼具科学性与艺术性，同时兼顾普及性的学术价值很高的著作。笺校者赵秀亭、冯统一在版本鉴定与校勘、学术研究、诗词鉴赏、古文字阐释等多方面，具见功力。他们凭借较高的学养和多方面的知识储备，采取严谨认真的科学态度，发挥锲而不舍的精神，积十数载之功，广泛吸收有关研究成果，在冯统一编校的天风阁本《饮水词》的基础上，增益补阙、校勘匡谬，完成了这部在学术界、词学界和酷爱纳兰词的读者群中会有相当影响的学术著作，是近年来可喜的一项出版成果。

本书以康熙年间《通志堂集》为底本，参考其他多种版本，对纳兰词重新作了包括校订、补辑、笺注、编年等多方面工作的全面整理。编校者态度十分认真，钩沉辑轶，斟字酌词，丝毫不苟，确有“一名之立，旬月踌躇”的谨严精神。其收词数量之全，抉择去取之精，借鉴参考之广，校勘爬梳之细，对于纳兰词的研究，可谓功莫大焉。

本书在出版过程中，编辑、审校、印制质量，亦均属上乘。

评审者　王充闾

2000 年 12 月 3 日

致吴长友

长友同志：

谢谢您的关切。

您来电询问：“估计你不会犯了错误吧？怎么电视报道你主动辞去省人大副主任职务呢？家乡同志都十分关心。”

新的历史时期，在方方面面都呈现出巨大的历史进步。其中的一项是正式建立了干部退休制度。按照年龄规定，不管职务多高，到时候就退休。省人民代表大会常务委员会的副主任，按照规定，在六十五岁退役。我的年龄已经到限，自然应该退出。主动申请，是履行程序；就个人来说，也是向组织表明态度，这是我实心实意的请求。这样，从此我就结束了从政生涯，可以集中精力创作、读书、做学问了，绝对是好事。

乡亲中再有问到此事者，希望您能予以解释。谨此拜托。

王充闾

2001 年 2 月 24 日

致刘春晖

春晖同志：

刚才你问到“放过蛟龙”一语的典故，几句话说不清楚，现以文字答复如下：

这次承蒙上级有关部门委任，我以鉴定专家组组长身份，参加了辽宁大学“211 工程”文艺学学科子项目建设竣工验收工作。

验收合格之后，小组成员与辽大有关负责同志坐在一起茶叙。本项目建设实施领导小组组长、博士生导师高凯征教授，忆起了几年前的一则轶事，他说：

充闾先生以省作协主席身份，主持作家职称评定工作。开始前，他有个开场白，要求我们这些评委要切实坚持标准，坚持原则，做到公道正派，实事求是，既防止把不够格的评上，也要注意不要有“遗珠之憾”。记得当时还念了两句诗：“禹门纵使高千尺，放过蛟龙也无妨。”今天，蛟龙不见得有，不过，大家还是网开一面，这叫作“放过游鱼也无妨”吧。

作协评定职称时，记得你也在场。高教授说的那个场景，确确实实存在。这里有个典故，出自宋代一部名著《诗人玉屑》。有个毛国英，以诗鸣世，一次经过岳飞驻兵之地。当时江禁正严，他被堵在外边，无法进去，于是，题诗一首，呈送给主将岳飞：“铁锁沉沉截碧江，风旗猎猎驻危樯。禹门纵使高千尺，放过蛟龙也无妨。”口气很大，以蛟龙自命。岳飞看过一笑，说：这是一位诗人，给他摆渡，送他过去。

王充闾

2001 年 3 月 16 日

致沈阳文史馆

沈阳文史馆：

大函收读，感谢关注。值此沈延毅先生逝世十周年，忆及先生在日对我的指导与关心，临文濡笔，不禁凄然。附呈四首七绝，长歌以当哭耳。

程门犹记受知时，遗爱长存去后思。
十载人天悲永隔，一篇薤露悔成迟。

孤坟岭下雪丝丝，落木寒烟夕照时。
如此高才埋地土，从知绝物总难持。
注：沈老墓在盖州青石岭侧。

书当快意常收尾，人到相知易别离。
解得庄生参悟语，浮槎终有落帆时。
注：集沈老诗句。

想见先生旷世姿，弦歌绛帐最堪思。
临风不待山阳笛，独对沧桑唱旧词。

王充闾

2001年3月23日

致省作协

省作协党组：

建立特约评论员队伍，对于提高全省文学队伍的思想理论水平，繁荣、发展文学创作与学术研究，具有重要的意义。现在，举行首次聘任工作会议，作为作协主席，我本应亲自参加，到会祝贺；但因近日身在南粤，实在赶不回去，只好遥遥致意。

窃以为，我们现在的使命，可以借用鲁迅先生《故事新编》中的四篇小说的题目来表述，一曰《理水》，一曰《铸剑》，一曰《出关》，一曰《奔月》。“理水”是总结过去的成功经验，理顺现有工作机制；“铸剑”是挑战自我，练好内功，努力提高自身的理论、创作水平；“出关”是考虑如何扩大影响，闯出山海关，冲向全国。我们不能满足于“螺丝壳里作道场”——只在省内圈子里转；“奔月”是发现、培养少数尖子，奋力攀登新的高峰，力争走向世界。这些要求，是双重的，既是对理论评论而言；同时，也涵盖了文学创作、文学翻译、学术研究等各个方面。作协主要是为他们创造条件，当好后勤，搞好服务。

我们应该树立雄心壮志，拿出真本领，狠下硬功夫。关键在于提高质量。应该看到，一定的创作数量，在帮助新生力量冲出“马太效应”的过程中，是必需的；但达到一定水准之后，质量就是绝对重要的了。如果只是在同一水平线上原地踏步，数量再多也没有多大价值。从一定意义上说，文学史的眼睛，只是盯着质量。

王充闾

2001 年 3 月 27 日

致颜翔林[①]

翔林先生：

您好！

大札奉悉。

遵嘱，从散文集《何处是归程》中，拣出具有一定代表性的三十三篇文章，寄上电子文本，请披阅。

您拿出大量宝贵时间来撰写高质量的评传，使我铭感五内，也从中受到了极大的鼓舞，为我继续前进提供了巨大的动力。

我常想，作为一个成熟的作家，形成自己的独特风格，固属难能可贵；但，又不能满足在这个层次上，还应勇于突破自己的窠臼，跳出固有的藩篱，争取层楼更上，别开生面。

拙作《沧桑无语》面世后，得到了很多赞誉，有人说它大气淋漓，铺张扬厉，有人肯定作者的史学功底和学养，有人认为它质量厚重、开掘得深。我想，如果再在这方面下些功夫，当然也会取得一些新的成果，但总会给人重复自己，原地踏步，“破帽年年拈出”的感觉，因而打算要开创一方新的天地。我想通过这本《何处是归程》，让人看到作者的一副另样的笔墨，亮给读者一个崭新的面孔。当然，这绝非易事，它不仅需要清醒的意识，需要勇气，也需要驾驭多样题材、娴熟多种手段的功力。

① 颜翔林，当代美学家，著名学者。文学博士、哲学博士后、博士生导师，现为温州大学人文学院特聘教授。

现在，摊在我们面前的这本散文集，就内容看，可说有别于上一部，有别于过去其他的集子，它偏重于反映童年生活，偏重于揭示作者的内在世界、心灵感受，有一部分专门写了文学艺术方面的闻人。从表现手法上看，比较柔细、活泼、从容、闲适一些，议论少了，白描多了；敞开自我，揭橥内心。当然，这种敞开是有节制的，注意到把持自己的情绪，不像有些少男少女那样披猖无忌，毕竟已经人过中年、渐进老境了。朱自清先生“淡装平步入中年”的诗句，一进萦回在我的脑海里。

堪资自慰的是，通过这部散文集，从中可以看出作者没有陶醉于固有的成绩，而是在不断地追求，力图有所创新（即使从上网、换笔等细微小事上也能看得出）。可以看出作者的心态、立足点，切实已从宦途中调整过来。如果说，《沧桑无语》反映的纯粹是文人的意绪；那么，这本集子则突出地显现了文人的形象，做到了回归自我，体认“本根”。反映出沧桑阅尽，人过中年的心境。这从淡泊自甘的心境可以看出，从落花情结、苍凉意绪可以看出，从文字的朴素自然也可以看出。

我过去在一篇散文中说过，事与愿违是常见的，有时要走向草场，结果却蹩进了马厩。原来设想的许许多多，最后究竟做得如何，恐怕也是很难说的。仓促中写下了这些想法，未必准确，随便谈心而已。有些什么需要我再提供的，望随时示知。

再申谢忱，即颂

教安！

王充闾

2001 年 6 月 16 日

致越儿

今年中秋，恰与国庆节赶在同一天。重庆《红岩》编辑室主任、青年散文作家越儿（王英）发来邮件，说本世纪共有三次中秋、国庆两节赶在一起，下一次是2020年。相约到时再通音问，互道平安。

复函如下！

越儿：

你好！

三峡一别，瞬息经年，而当时诸位文友相聚采风情景，犹在眼前。

几年来，承蒙您的关注与支持，多篇文稿得以及时刊发，至为感谢。

您的问候来自巴郡，令人忆起一千多年前李商隐的诗句："何当共剪西窗烛，却话巴山夜雨时。"您的话，李的诗，都富有感召力和鼓舞力，前程在望，令人向往。只是到那时，我已是八十五岁的龙钟老叟了。人生多故，世路苍茫，究竟如何，却很难说。但愿每一次联系，传递的都是平安、顺遂的信息。

王充闾

2001年10月1日

真是“世事茫茫难自料”，在我整理信函，看到这一邮件时，心头陡地一震。赐信人越儿离开人世，竟然已经整整五个年头了。

从一位作家那里知道，越儿于2008年11月25日，从家里的十四楼跳下，不幸身亡。什么原因文友也说不清楚。大约也不过三十岁，朝花早殒，实在是太可惜了。

记得在《散文百家》杂志上，曾读到过她的一篇散文《“过客”与“归人”》，当时印象很深，便保留了下来。里面是这样写的：

> 已经等不及最后一面，浩就走了。这种时候总该有一场雨的，灵棚外的小路果然有些湿润。看望了她的家人，我和同学宏便在木桌上各自展开那些剪裁好的纸样，摆弄出一朵接一朵纸做的白花。那些惨淡的纸花，亦如浩。……“生者为过客，死者为归人。”按李白这种说法，浩做了“归人”，她这是“回去”了，回到她来时的地方。那里至少没有忧虑懊悔悲愁苦痛，因它们是一路衍生出来的，是后来的。这样一想，“回去”也没什么不妥，早晚大家都是要回去的。而当我们同为“过客”时，那时我们怎么没想到这人世的路我们是难得一同走一遭的，便要互相顾惜着，一起走过。先前我们是一道走了一程，因为各自谋了不同的事后来便分开了，这一分开就是失散多年。好容易打探来的消息竟是她的不幸：肝癌晚期。在这个崇尚叫喊的时代，病房里的她却始终咬紧牙关忍着，连生病的事都不曾告诉同学。而我们这些好端端的人，却在为路上的一些磕磕碰碰喋喋不休。甚至因为她对于自己的状态一向的缄默，我们就权当她是好好的，便还是各自上自己的路，就不曾想想她还在路上，她的悲苦。这样的冷漠，是有的，我们敢不承认？……
>
> 我们是不能再做这样的“过客”的了。我们起初来时的善良宽厚仁爱都到哪里去了呢？我们既已带出的东西就

要用一生来保管好，将来也是要带“回去”的，不然人家问起来：别人都有的，怎么就你的弄丢了呢？“回去”也得有个好交代才行。所以，若是手里拿着玫瑰，那就要心存有爱。给予了，自己也会手留一瓣心香的。若心生嫌隙，恐负重一生。释迦牟尼曾说：“只有爱可以止恨。”此生苦短，这一路彼此还要善待才是。

这番话说得很深刻，很透彻，也很伤感。现在看，何尝不是一番谶语，一份诀别词！

那年她在国庆节与中秋节发信时，还记怀着、企盼着 2020 年双节重逢，人天共庆；曾几何时，一切便都成了画饼！老者在而少者亡，悲哉！

王充闾　附记

2013 年 11 月 30 日

致牟心海

心海同志：

你好！

我经常以感激的心情，回忆履职宣传部期间你所给予的真诚的支持与帮助，钦服你对省内文艺界的了解之深刻、把握之娴熟、决策之审慎，并多有学习与借鉴，至今仍铭感于心，念念不忘。

二十年岁月倏忽飞逝，于今，我们都已步入了老境，彼此各从所好，各适其志，笔耕不辍，取得的成果也颇堪告慰。所不同者，以性情论，我们虽然都不喜欢热场，而你沉静寡言，更趋内向；而且，你由于身体一向健康，喜欢静坐书斋，或面壁沉思，迄无锻炼习惯。对此，我不是没有想法的，说得重一点，叫做“期期以为不可”。记得一次聚会时，我曾以长兄的口气，敦促你对此力加调整，越快越好。我还危言耸听地说，性格内向，已经有害于健康，若再不留意锻炼（特别是散步，有助于疏散忧思，平添乐趣），无异于“孤树加双斧”。你貌似平和，实质上，极有主见，甚至有些执拗，这我是熟知的。当时听了，你似乎不以为然，只是出于尊重，未加驳诘，只是一笑置之。

出于感佩与关心，现在，我又旧话重提，还是要说，已过花甲之年，健康应该提升到第一位。尽管尚未养成锻炼习惯，但“亡羊补牢，犹未为晚”。对老年人而言，最好是坚持散步。如果睡晚眠迟，早晨起不来，不妨晚上出去，好在此地空旷，远离车道，林木葱茏，环境甚佳。

你知道，我是天天早晨出去，风雨无阻的。日日穿行于公园中，随处所见，都是伸腰劈腿、大步流星、形形色色的锻炼人群。而最令我感动的，是这样四种人：

一个罗锅老太太，往那一坐就像个圆球，往前走，也像一个圆形的物体在艰难地滚动，可是，天天风雨不误，总是出来转悠。

一个老妪已经高龄了，走路很困难，脚腿都踡曲着，艰于挪动，但坚持锻炼不辍，而且，走过一段以后，总要找个横木或铁栏杆按摩腿肚子。

一对母女，母亲半身不遂，手总是捂住一侧，不能动，这一侧的腿也不太听使唤；另一侧的手拄着一根拐杖，强力地撑持着，艰难地摇撼着，往前迈着腿，极度吃力。女儿在一旁耐心扶持，有时由女儿架着往前走。

一个男子，白胖胖的，四十上下年纪，脖子上挂个小袋子，不知装的是不是钥匙？属于脑血栓后遗症患者，但每天还是往前艰难地挪动。看来，此人过去肯定是经常酗酒，爱吃肥肉。如果他能早些醒悟，何至于此！但现在认识到了，“知迷途之未远，觉今是而昨非”，尚属可嘉。

看到这些人的顽强、坚毅的表现，我又兴起了给你写信的意念，希望你看过后，有所触发，有所感悟。

我在赞颂他们“生的顽强”的同时，也深深慨叹他们“活的艰难”，从而产生了一些感喟——人在未病之前，往往不知道爱惜自己，不知道珍视健康；人在未老之时，往往不知锻炼身体，不知提高生命质量之必要。而一经认识到了（这出自最实际的生命体验），便都极度地虔诚，极度地认真，最能坚持，极有毅力。如果当初能够认识到这一点，从那时开始锻炼，该何等有效呀，可是，有谁肯这样做呢？“老似名山到始知”，信然。人只有在得过一场大病之后，才会加倍地珍惜健康，知道健康之可贵。不过，一旦健康恢复了，便又胡吃海喝，饕餮大嚼起来。难怪一本书上说，人是一种健忘的动物。如果加以补充的话，人也是一种忘本的动物。

放怀纵笔，不知所云。

顺颂

春安

王充闾

2002年3月19日

致李东红

沈阳图书馆馆员李东红近日在学术研究中，涉及清代军队的发展变化，以及政府对军队的控制问题，希望听听我的意见。

东红：

你好！

近日写作历史文化散文，对于历史悖论问题屡有涉及。大函中说到清军的嬗变过程，我想，这里面同样也存在着历史悖论。

清王朝入主中原初期，当时的军队主力是八旗兵；后来发生了变化，到鸦片战争前夕，绿营兵渐渐成了主力。对这两支军队，清政府都是有绝对指挥权的。那时的地方军政长官，上自总督、巡抚，下至提督、总兵，绝大多数都是满员大臣。可是，到了太平天国起义之后，湘军、淮军相继兴起，并且成为对付农民起义的主力军。这时，军政长官已由过去的满人全盘包揽而转向汉员大臣过渡；以致不通过湘军、淮军的督抚提镇，清政府已经无法实现对军队的指挥、控制。这样，实际上，满人对军队、对地方的武力统治已经明显地削弱了。应该说，晚清的统治，是在以曾国藩为首的湘军的征战下得到维持和延续的，但是，维护的同时，恰恰是这种统治的实质性削弱。因为汉族军阀的产生与壮大，也正是由于湘军、淮军的勃兴引发的。可谓是“成也萧何，败也萧何”，这正是历史的悖论，也是满族统治者始料未及的。

王充闾

2002 年 6 月 9 日

致石杰

渤海大学教授、作家石杰女士从90年代初就开展了对我的散文的研究，曾写过多篇评论文章；近期，又表达了准备撰写文学评传的意向。遵嘱，提供一些读书、学习、创作资料。

石杰教授：

您好！

谢谢您的关注。

承询有关学习、钻研西方文史哲著作的情况。应该说，从90年代以来，对此我就给予了充分重视。如您所知，我在治学方面，存在着比较严重的缺陷，就是相对于较为深厚的国学功底，现代知识的积累，特别是西方哲学、史学方面的学问，显得薄弱、零碎。为了补上这条短腿，不得不奋力拼搏。这也是不断创新、不断探索、更新观念、超越自我、防止故步自封、防止老化僵化的有效途径。

哲学方面，我读得并不很多，但都是那些拥有巨大原创性和思想影响力的作品，我想亲自到原著那庄严的圣殿去朝拜思想大师，通过经典解读，同他们展开开放式的对话。比较系统地读过马克思、恩格斯的《德意志意识形态》，恩格斯的《反杜林论》，黑格尔的《美学》，罗素的《西方哲学史》、《西方的智慧》，丹纳的《艺术哲学》，卡西尔的《人论》等；还有一部重要经典，马克思的《1844年经济学哲学手稿》，已经在手，下步要认真读解。

与此同时，我还通过西方文学作品间接地接受一些思想、观点，比如歌德的《浮士德》。虽然我不写小说，但西方各种流派的小说，我读得不少。为了扫除阅读中的知识障碍，我曾系统研读过一本《二十世纪西方文学思潮》，对于各种思潮、流派事先有个概括了解，这样，在文学作品中再接触到就不陌生了，知其然也知其所以然。读西方哲学，开始时还觉得有些枯燥，但学着学着，逐渐就产生乐趣了。记得古罗马哲学家卢克莱修说过：站在岸上看船舶在海上颠簸是一桩乐事；透过一座堡垒的窗口，看下面战事的进展，也是一件乐事；但都不如站在真理的高峰，目睹下面的浮尘、迷雾、风雨飘摇那么心旷神怡。把握哲学的望远镜，俯瞰种种社会、人生，真是一目了然。

关于读书心得，下面摘录几段近两年的读书笔记，有些是自己的感悟，有些则是读书的摘录：

2001年5月17日

要走向人的内心世界，文学要“向内转”。应该启发对自己内心、对人性拷问的自觉意识。要注重文学创作的主体作用，自觉表现人的内心世界，自由开拓“内宇宙”的深邃领域。具体表现为题材的心灵化、语言的情绪化、情绪的个体化、描述的意象化、主题的繁复化，从而使文艺更加贴近现代人的精神生存状态。“向内转”的结果，有助于回归文学本体，使文学向自身内部规律转靠；有助于深入剖视文学的主观因素的构成，以及摆正文学在审美关系中的本体位置。人类逃避对自己的拷问似乎已成为本能，成为一种难以克服的心理。因此，将笔触伸向人性深处、指向内心，这是一种珍贵的文学品质。可以说，这种“向内转”的文学倾向，是长期以来残缺的、异化的文学向全面的、本真意义上的文学的回归。

我的期待是用有限的笔墨说些同无限相关的事。我所追求的是文学的超越意向——越过眼前现实的种种具体形态，追问一些形而上的问题，有时也需要借助形象，即在呈示形象的同时呈示一种更高的精神指向。而更多的作家则直接关注现世生活同肉体之躯相关的各种事物，关注这些事物所生发的种种状态，就是说，他们并不在意从纯精神的意义上关注人的灵魂安置。

2001年8月2日

重视生命体验。生存的困境是思想者的摇篮。伟大的思想家都是在生命的挑战中诞生的。思想的产生与思想者的生命投入有直接关系。当然，一个作家即使有过生命投入，经历过沉重的苦难，也不见得就能写出好的作品来。有经历，还要有感悟，而且感悟是关键。把苦难反映到文字中去，未必就是文学，但如能从多种视角来审视苦难，并能对苦难进行形而上的思索，这些体验就可以化作思想和情感的资源。生命体验与心灵体验有所不同，生命体验带有生理性质的经历，而心灵体验则纯粹是心理性质的。有了生理性的切肤之痛，才能有铭心之悟，血性之文。

史铁生与陀思妥耶夫斯基是这方面的典型。史氏因失去了行走的能力而获得了超凡的思维能力；因失去了空间而获得了时间。易言之，在自己的思考里，获得了自己的空间与时间。地坛、寺院的清疏简淡、沉静空旷，使他疲惫的灵魂寻到一处温暖可亲的憩园。人不一定非要脱离红尘，只要获得一种新的时空，同样可以在形而下的生活中专注于形而上的思考，参透人生的真谛。行动在静止中，思维却高度活跃，开展那种个体对于宇宙、有限对于无限的对话。关键在于必须找到一种人与自然、人与心灵对话的契机或场所，如史氏之于地坛。到了那里，思想便能聚拢起来，便能思考一些根本性的问题，把自己从头到脚、从小到大想个透彻，想个明白。

2001年9月6日

正确地认识自己，警惕成功的陷阱。看了茨威格《昨日的欧洲》，其中有一段至为精辟的话，使我清醒，使我戒惧："人一旦有了成就，这个名字就会身价百倍。名字就会脱离使用这个名字的人，开始成为一种权力，一种力量，一种自在之物，一种商品，一种资本，而且在强烈的反冲下，成为一种对使用这个名字的本人不断产生内在影响的力量，一种左右他和使他发生变化的力量。那些走运的、充满自信的人就会不知不觉地习惯于受这种力量影响。头衔、地位、勋章以及到处出现的本人的名字，都可能在他们的内心产生一种更大的自信与自尊，使他们错误地认为，他们在社会、国家和时代中占有特别重要的地位。于是，他们为了用本人的力量来达到他们那种外在影响的最大容量，就情不自禁地吹嘘起来。"这是什么？就是异化。我的那篇《挑战自我》，就是在这之后即兴写出来的。

2001年12月14日

读了尼采之后，加深了对艺术本质的认识。尼采认为，艺术比真理更为神圣，艺术是生命的本来使命，艺术是形而上的生命活动。在尼采眼中，生命是通过艺术来自救的。艺术可以称为生命最伟大的动力，是生命的伟大兴奋剂。他要通过艺术把人生变成审美的人生。在这方面，与庄子有共通之处。尼采提出一种超越痛苦的具体途径，认为只有艺术的方式才能实现对痛苦的超越，强调以一种审美的人生态度去对待生存活动。这使我想到了屡遭厄运的古代诗人李白、苏轼。他们就是通过艺术创作来解脱痛苦、超越苦难的。

尼采对比了历史上的三种人生观，认为唯有希腊人的艺术化人生才是正确的道路，生命只能通过艺术才能得以拯救。用尼采的话说，艺术可以看作是生命的最高使命，是生命本来的形而上的活动，通过艺术可以悲剧性地表现人生，从而在痛苦中感受到人生的欢乐。卡夫卡也是这样。对他而言，艺术创作不是一般意义上的兴趣、爱好，它是压倒一切的，是他生活的意义所在，是他的存在方式。他把自己的整个身心都投向了创作，他说："我恨一切与文学无关的东西。"

2002年1月24日

脑袋逐渐有些开窍，拓展了艺术想象的空间。开始认识到，意义世界是无穷尽的，历史与现实都有许多种存在的可能性，文学的意义就是勘探这些可能性，形成诗意的世界。学术和知识能丰富人性，能使人的内心更加广阔、更加充实，但是，太沉溺于学术，也会使人丧失想象能力，丧失人性的光泽。所以，在拥抱知识的同时，必须善于穿透知识，冲破知识的樊篱，这样才有望释放出丰富的想象能力和人性的光泽。

2002年2月5日

加深对现代社会中保持人的个性的重要意义的认识。现实生活中，各种传媒对群众情绪的引导与判断，起着越来越重要的影响作用。大量的信息经过现代广告术的挑选、放大以致扭曲失真，使个人无法根据自己的意愿和实际情况加以有效的判断，于是，形成了为一般人所信奉的大众社会的重要信条："多数人所赞成的总是正确的。"结果把自己的判断丢个精光。对某种商品的抢购就是这么形成的。在这种情况下，人成了一个平均数。海德格尔说："平均状态是普通人的一种存在状态的性质。平均状态成了现代人的基本状态。"至于个人的独立思考与判断，根本就不存在了。海德格尔还说，在大众社会中，公众的意见主宰一切，而任何优秀人群的思维活动都被不声不响地压住了。“因为公众对有水平、真货色同平庸而琐屑的差别已经毫无敏感。公众意见使一切看不分明，并把如此不分明的一切，当成众所周知的东西与人人可以达到的东西。”其结果，一是使得一切不同凡响的、独立的、优秀的、确有水平的东西，都被公众的不理解而造成的冷漠，或自以为理解而造成的愤怒，所压制，所扼杀。二是使人逐渐地迷失本性，这也就丧失了人的尊严，于是，人成了工具而不是主体，行为成了过程而失去目的性，生活成了金钱交易的市场，这正是当代社会中丧失了共同存在意义的人们的一种实际状态。

信写得太长了。有关历史方面的学习，容后续谈。

即颂

学安

王充闾

2002 年 12 月 8 日

致石杰

石杰教授：

您好！

前信着重谈了学习西方哲学的情况与心得体会，这次想从西方史学这个侧面做些补充。

说到读史，我在八年私塾中，接触最多的可能就是历史了。《左传》、《国语》、《战国策》、“前四史”和《资治通鉴》这些标准的史书不必说了；即便是那些经书，按照前人“六经皆史”的说法，应该说，也属于广义的历史。

我国有悠久的、十分发达的历史文化传统，积累了丰富的经验；但过去的所谓正史，基本上是王朝更替的记录、帝王将相的家谱，除战事外，社会史、文化史、思想史、风俗史记载得不多，据此难以看清历史的真实面目；而且，大量史书中载事不见人，只注重历史事实与历史过程的记述，着眼的是历史的客体。应该说，这是一个很大的缺陷。

通过学习哲学，掌握了马克思唯物史观以后，分析、研究历史问题有了科学的方法，而西方史学的研究，又帮助我开阔了视野、扩展了眼界。这样，深化或更新了下述一系列认识。

——历史的偶然性与必然性。历史的选择性里有历史偶然性的因素；而说到历史的必然性，也并不完全等同于不可避免性。重视历史的选择性，其最大意义在于，有利于强调每个人作为历史主体的作用，避免把历史的必然性曲解为历史宿命论与不作为主义。

——历史的进步与倒退。以往历史理论一味强调历史是进步的，前途是光明的。这种历史观容易导致人们对历史进程抱着盲目乐观的单向思维，很可能对历史逆流放松警觉。我国的“文革”十年，就是历史的倒退。

——历史合力与个人作用。历史发展的合力系统，是恩格斯对历史动力的经典阐述。这种合力中，既有生产力与生产关系所构成的基本动力，也有与其相联系的其他因素的合力作用，例如意识形态的强大反作用力等。历史合力模式，既把历史上大人物对历史发展的正负作用包含其中，也把每个微不足道的小人物对历史的选择性囊括在内，凸显了每个历史参与者在历史选择性上的主体作用，肯定了每个人独有的主体价值。

——过去总是认为，对历史的认识应当有一种最终的符合客观实际的唯一正确的结论。其实，作为人类的活动，历史与自然界不同。自然界与人有着本质的界限，而历史上的人类活动，除了作客观的考究之外，还必须借助认识主体自身的人生经验去进行体察。在认识历史的过程中，认识主体的概念体系和参照系统会发挥更大的作用。事实上，离开主体的人生体验，也就根本认识不了历史。这就决定了即使在同一时代，可以说，有多少个人就有多少种对历史的理解。

——历史的决定因素不只是一个。人类社会是一个极复杂的多种关系的结构体，支撑和推动这个机体的是人，而人出自其本性有着并列的多方面的要求，决不能归结为单一的物质满足。除了衣食住行等经济生活方面的要求，人们几乎毫无例外地追求真善美，于是以审美的形式创造了文学艺术；人们有了人格和尊严的观念，于是产生了伦理道德；人们有探索、求知和展现自我的欲望，于是产生了教育与科学；人们有心灵上的困惑，需要宁静与净化，于是形成了宗教。所有这一切，都是人性的产物，都植根于人，为人所必不可少，都是社会关系结构的独立方面，并使社会得到必要的调整和演进。物质生产无疑是人类生存的基础，但它不是社会演进的唯一因素。它对其他社会关系和社会活动的影响，不是单一的因果性关系。人的其他活动和关系，有其自身的独立根源，各自发挥着不可代替也不可缺少的作用。只有将所有这些关系系统调制成一个整体，才能使社会健康发展。

等等。

通过接触法国史学各派的理论，包括新黑格尔派史学、年鉴派史学、批判的历史哲学，从中获取一些有益的启示，加深了对上述问题的理解和认识。新黑格尔派的哲学家克罗齐认为，历史知识是思想的产物，是过去时代的活的思想，所以一切历史都是当代史，也就是说它只存在于历史学家对它的思想认识之中。柯林伍德认为，历史就是思想史，是人们思想活动的历史，所以历史学的任务，就是重演过去的思想。他猛烈地批评“剪刀加糨糊”式的传统史学。关于年鉴派史学，我读了两部代表性作品：马克·布洛克《历史学家的技艺》、保罗·利科的《法国史学对史学理论的贡献》。布洛克强调理解重于评判。他认为，“史学家不应该以法官自命”，而“不幸的是，由于习惯于判决，也使人们对解释失去兴趣”。他有一句名言：“理解才是历史研究的指路明灯。”而脱离特定的历史环境，就难以理解任何现象，“正如古老的阿拉伯谚语所言，‘与其说人如其父，不如说人酷似其时代’。”布洛克强调，“史学家必须与全部生活之源泉——现在，保持不断的接触。”一个伟大的数学家，并不因其对现实的懵然无知而有所减色，而一个史学家，若对周围有血有肉的现实生活漠不关心，那么，“应该称之为古董迷”。

美国新历史主义，以斯蒂芬·格林布莱特和海登·怀特为代表。一方面是历史学的视野从以重大政治事件与人物向特定阶段的普通事件、普通人物拓宽；另一方面是旧史学的实证主义、历史客观主义向主观主义的历史相对主义倾斜。怀特否定了人们可以通过历史文献把握正确无误的历史真实的“天真”想法。在他看来，任何理解与阐释都不能超越历史的鸿沟而求得原意与原貌，也就是说，历史的本来面目是不可复原的。任何文本的阐释都是两个时代、两颗心灵的对话；一切历史意识的切片都是当代阐释的结果。

拙作《沧桑无语》中有些方面吸收了上面谈及的一些观点，克服了旧史学研究中的积弊，呈现出新的气息，但总体上还是坚持了唯物史观，这是确定无疑的。

两次通信，概括地介绍了我十多年来学习、借鉴西方哲学、史学的大致情况与心得体会，对于您研究分析我的历史文化散文和撰写文学评传，或能有些参考价值。

王充闾

2002年12月19日

致祝勇

祝勇先生并出版社编辑先生：

按照您们的提议，我初步设想，写一部表现中国古代知识分子的各种生存状态的历史文化散文。初步计划写作十篇，每篇以一个人物为主线，集中揭示一种带有典型性的道路抉择与价值取向。每篇一万字左右，各配图片四五幅。

下述文章按构思先后排列，最后成书时的顺序另定。

一、写曾国藩，题目为《用破一生心》。从人性、人生的层面，写曾国藩为了实现“内圣外王”——立德立功立言的追求，费尽心机，左支右绌，十分可怜、可悲。要立功，就得时刻提防着功成遭忌，“兔死狗烹”的下场；而要当圣人，又得无时无刻不戴上人格面具，装腔、作伪，难得片刻消闲。结果，活活地累死。

此文已完成。拟配曾氏便装像、朝服像各一幅；选曾氏家书（能够表现文中思想内容的）书影一幅；曾氏手书对联一副；另拟选一幅曾氏墓园。

二、写骆宾王，题为《夕阳红树照乌伤》。以我为义乌市骆宾王纪念馆拟的一副对联（露重风高，一檄雄文沉巨响；潮残月落，三生老衲向孤檠）为线索，写骆宾王的逸群超凡的文学天才，耿介拔俗、刚直不阿的品格，炽烈的正义感和惊人的勇气，并笔端饱含深情，哀悯他那充满着悲剧性的不幸遭遇。

此文已完成。拟配骆宾王立身的塑像一幅；对联照片一幅；骆宾王墓照片一幅；骆氏宗谱书影一幅；《骆临海集》书影一幅。

三、写李白，题为《两个李白》。我认为，解读李白具有典型意义，因为他的宏伟抱负、从政情结、傲岸品格、诗人气质及其个人际遇所带来的悲欣苦乐，在很大程度上反映了两千多年来中国士人的心态，直到今天仍有一定的现实性。他渴望登龙入仕、经国济民，有一番大的作为，却又不是搞政治的材料。论他的本性更接近庄子，张扬个性，强调自我，这和仕进追求可说是南辕北辙。结果就处处遭受挫折，陷入无边的苦闷与激愤之中，产生强烈的心理矛盾。还是庄子的超越意识和艺术精神解救了他，痛饮狂歌、登高长啸，使内心的熬煎得以暂时缓解，情感能量获得成功的转移。这样就出现了两个李白，一个是现实存在，一个是诗意存在，两者相互冲突，表现为试图超越又无法超越，顽强地选择命运却又终归为命运所选择，展现了人生的无奈和深刻的悲剧性。

此文已经有了初稿，拟重写。拟配一幅李白画像；李白书法一幅；当涂青山李白墓照片；《太白醉酒图》画一幅。

四、写庄子。集中写他“不为有国者所羁”的渴望自由、独立的思想和诗性人生。（以前写过这方面的散文，那是围绕明代皇帝对待功臣展开的，以庄子作衬托。这一篇集中写他的诗性人生，写他与老子不同之点，写他对我们培养自由心态的启示。）

配图较难。拟配一张庄子的画像；《庄子》书影；配一张有关庄子的画（如蝴蝶梦、濠梁观鱼、鼓盆作歌等）。

五、写严子陵的避世。通过写他的避世思想和隐逸人生，揭示中国古代知识分子的另一种出路。

拟配画像一幅，严子陵钓台照片一幅，《严光传》书影一幅，张大千书法并钓台诗一幅。

六、写陆游的梦。他一生有许多抱负，均未能实现，于是全寄托在梦境中。这既是一种慰藉，又是一种悲哀。对于古代有奇志、有抱负的士子来说，颇有代表性。

拟配陆游画像一幅，陆游行书字帖一幅，沈园图一幅，沈园壁上陆、唐《钗头凤》题词各一幅，宋刊《剑南诗稿》书影一幅。

七、写徐文长的个性——中国的梵·高。写他的旷世才华，性格悲剧，不入牢笼，冷眼热心。

拟配他的像一幅；配他的三幅画、一幅字。

八、写袁枚的诗性人生及人生道路的主动选择。写他的复杂个性特征，既有看轻富贵功名、主动抛离仕途的超拔的一面；又有好名求显、巴结权贵的庸俗的一面。作为一个作家、诗人，他的文学主张是进步的；当然，在诗文内容方面也充分体现了他的复杂的个性。

拟配画像一幅；配《随园诗话》《小仓山房诗文集》书影各一幅；随园绘图一幅。

九、写李贽昂藏卓荦、落落不合于时的悲剧人生，写他晚年求生不得、欲死不能的困境。

拟配画像一幅，通县墓园摄影一幅,《李卓吾批评水浒传》和《藏书》书影各一幅。

十、写康熙朝的文人官僚高士奇的丑态人生——虚伪、趋附、作假等各种丑行和思想。寻找一幅画像、一幅书影、一幅书法照片。

以上仅是初步考虑，写作过程中肯定会有所增减，某些篇章也可能会另起炉灶。上述构想是否得当，请加审核。

王充闾

2003年3月12日

致林非

我在抒情散文《碗花糕》中，引用了《浮生六记》一书，错将作者清人沈复误为明人。后经著名学者、散文家林非先生指出，感与愧并。前人有“一物不知，学者之耻”的说法，吾辈常人固然不敢以此自矜，但像《浮生六记》作者这样并非僻典的事物，竟然出现“硬伤”，实在说不过去。因此，在感愧的同时，向林先生致信称谢。

林先生钧鉴：

承蒙指点，感愧何似。先生为学术界、文学界巨擘，对我一向关注、栽培，令我永生难忘。还望今后继续予以关怀，经常有以教我。

举一隅当以三隅反。从这次失误中，我切实反思了自己治学粗疏的缺陷。接受这次教训，以后写作一定做到：

（1）写文章或发言，凡是引用成语、典故、古代词语，或涉及年代、里籍、行迹，定要弄清原委，防止错讹，尤其注意不要望文生义。

（2）读书遇到生疏的词语，务必弄懂，不可轻易放过。

（3）挑毛病，指瑕疵，要反复斟酌，找出足够根据，决不信口雌黄。

（4）凡属引证，一定要查对原文，弄清上下关联，然后再用；不能轻引人家的东西，那样容易断章取义。

关于这次失误，我要学习著名学者程千帆先生的做法，在改正的基础上，还要搞个附记或者写篇文章，公开承认纰误，把它公之于众。

程先生在《程千帆选集》中收有《从唐温如〈题龙阳县春草湖〉看诗人的独创性》一文（写于 1980 年）。当时引起了学术界和广大读者对唐温如及其诗句的注意和喜爱。文章开篇写道："唐温如这篇诗[①]，是我读唐诗时偶然注意到的。他是属于《全唐诗》所谓所考之列的作家，但这首诗本身却证明，这位今天我们对其生平一无所知的诗人具有很独特的艺术构思。"

正文后有一篇附记："唐温如生活于元明之际，并非唐人，陈永正先生曾著文考辨，所考可信。"附记最后一段说："因为不想掩饰自己读书不多，见闻鄙陋而造成的失误，没有对已发表过的文字再加修改，读者谅之。"

据查，中山大学陈永正著文指出千帆先生之失误时刚过四十岁，可说是青年学者，而程先生已是誉满天下的学术权威。但他遵循"学术面前人人平等"的准则，当众承认自己的失误，还修书寄陈永正道："读大著辨唐温如年代文，极佩卓识。"这是对学术的尊重，也是对后辈的鼓励。

敬致

谢忱

充闾

2003 年 4 月 29 日

① 西风吹老洞庭波，一夜湘君白发多。醉后不知天在水，满船清梦压星河。——充闾注

致李东红

李东红来电话，咨询一个问题："有些朝代本来是轰轰烈烈的，像辽朝、西夏，怎么突然消失得无影无踪了呢？'其兴也勃，其亡也忽'，原因何在？"

由于问题比较复杂，特以函件答复如下：

东红：

你好！

电话中说到辽与西夏"兴勃亡忽"的问题，其实，这两个朝代历时都比较长，辽朝建立于公元916年，灭亡于1125年，历十二帝，二百零九年，如果算上西辽的九十年，时间就更长了；西夏建国于1038年，极盛时期包括今宁夏、陕北、甘肃西北部、青海东北部、内蒙古西部以及新疆部分地区，先与北宋、辽鼎峙，后与南宋、金并存，1227年亡于蒙古，长达一百九十年。

它们之所以留给人们的印象比较淡漠，似乎没有什么可以记述的，基本原因，或者说核心问题，是没有足够的文化留存。要说政治建树、疆域开拓、军事争伐，不见得比其他朝代差；而且，西夏还留下了那么多帝王陵寝，可谓辉煌夺目。但是，由于物质文明、精神文明都很薄弱，文化方面没有骄人的成果，所以，就觉得什么也没有留存下来，给人以"其兴也勃，其亡也忽"的感觉。

反过来，你看历史上的魏、蜀、吴三国，总共不过五十几年，可是，人们却觉得无尽无休，热闹非凡，就因为当时斗争激烈，矛盾复杂，英雄、奸雄辈出，各色人等应有尽有，共同斗智斗勇，闹得沸反盈天。可见，一个朝代给予人们的印象是否深刻，未必和这个朝代的历时长短成正比例；往往同当时事件的密集程度、有没有震撼人心的人物角色有直接关系。

而文明的发达与薄弱，特别是文化积淀的形成，又和这个国家、民族的语言文字直接联系着。西夏语是一种死语言，亡国后再没有流传、使用；文字在西夏王朝的官私文书和民间交往中曾经广泛应用，留下了许多文化典籍，包括官私文书、法律典籍、买卖契约，还有文学、历史著作，以及崖画、碑刻、岩画等，但是，未能很好地保存下来，散失得非常严重。历经数百年，随着党项族的被融合而逐渐消亡，这样一来，西夏的文字最后也成了死文字。其文学作品创造性不鲜明，主要是模仿汉族的，没有反映出党项民族本身的特色。在那里，科举制度实行了八十多年，主要是适应西夏社会发展的需要，巩固皇权，加强中央集权统治，除了推行政治、军事，在文化上没有更多的建树。而在元人修史时，西夏又被排斥在正史之外；加之，大批珍贵文献又未能很好地保存。一直到了清代乾、嘉以后，一些学者才开始撰述西夏志，有的未能完成，有的完成了未能刊刻传世。清代中期有一部《西夏纪事本末》，这是开创性的学术成果，但到了 1825 年才刊布于世。这也是令人淡漠、遗忘的一个因素。

辽朝是在原始社会末期基础上建立起来的，具有浓厚的奴隶制色彩的封建国家，契丹贵族统治集团内部争权夺势斗争特别激烈，兄弟相残，父子交恶，母子争斗，夫妻血拼，逆臣弑君，特别是宫闱里的血腥惨案，一幕幕、一桩桩贯穿于辽朝的始终，至今犹彰彰在人耳目。著名史学家陈寅恪先生有一个发现，每次中原王朝打败草原部落，都恰恰是这个草原部落处于衰落或严重内讧的时期。辽朝和西夏的覆亡，都充分证实了这一论断。

王充闾

2003 年 5 月 3 日

致孙昌武①

昌武先生：

您好！

来电收悉，谢谢您的鼓励与帮助。

我们相识、相知于青年时代，您之于我，谊兼师友。从您身上，我找到了榜样、找到了标杆，也获取了源源不竭的治学的方向和动力。这次津门的五天聚首，应该说，得益最多的还是我，不仅学到了知识、智慧，而且懂得了许多做人的底线和做学问的门径。比如，您三十年来，基本上是围绕着唐代文学、围绕着宗教特别是佛禅来开展学术研究的。这一点非常重要。清人曾世霖有言："学问尚精专，研摩贵纯一。""专力则必精，分途恐两失。"从您的成功经验中看出，此实为千古不易之论。

我在这方面就差得远了，虽然三十年间主要从事散文（后期着重于历史文化散文）创作，但终嫌题材领域涉猎过宽，许多方面浅尝辄止，结果事倍功半。比如，为了写作一篇《用破一生心》，我不仅认真研究了曾国藩全传和晚清的历史，还通读了《曾文正公家书》，浏览了大量关于他的评论文章。可是，只写了一篇七千字的散文。投入多，产出少，效益不佳。还有，为了写作散文《青山魂梦》《他这一辈子》，对于李白、李鸿章的身世、思想、修为、取向，也都是下了很大的功夫进行研究。如果能够抓住一个重心，深挖下去，开辟出多

① 孙昌武，著名学者、佛学专家，南开大学中文系教授、博士生导师。

个“掌子面”；那么，“矿产”就可观了。尽管现在有所领悟，为时已晚；但“失晨之鸡，思补更鸣”，总会有些许收获的。您的诸多诲示，我将永志不忘。

顺颂

大安

充闾

2004 年 4 月 19 日

致孙昌武

孙先生：

您好！

准备在南开大学中文系的讲演稿《散文激活历史》已大体完成，努力压缩到一万三千字左右，这样，两个小时可望讲完。只是，稿子还比较粗疏，心里把握不大。过去大部分精力，用于闷头写作历史题材的散文，至于究竟有些什么心得体会，积累了哪些规律性的认识，一向缺乏深入研究。这类话题，作家与评论家们说得也不多，可供参考的文献资料较少；而深入剖析、概括、综合，又非我之所长。勉竭绵薄，力有未逮，深恐“举鼎伤膑”之讥，在所难免也。

“妆罢低头问夫婿，画眉深浅入时无？”如果先生时间安排得开，又多少有些兴趣，能够提前看看，给些指点，实为我之至盼。

充闾

2004年4月19日

致石杰

石杰女士：

你好！

大札奉读，知你近期集中钻研西方哲学，并多获教益，为祝为颂。

晨起看崔永元制作的《电影传奇》，感慨颇多：

（1）世间最是残酷无情的，不是刀兵水火，不是饥寒疾疫，原来竟是那静悄悄、软绵绵、来无影、去无踪的悠悠岁月。曾几何时，昔日的花容月貌，绝代佳姝，耀眼明星，如今已经白发苍苍，皱纹满脸，老而且丑，令人不忍卒睹矣。

（2）但他们毕竟还是幸运儿。通过先进的艺术手段、科技载体，将她们的靓丽形象、动人风采，留将下来，传之千秋万代。世间又有多少人，或者因为没有这种成就，或者即便有了成就，也已踪迹全无，永远被岁月沙尘淹没，他们又该是何等不幸、多么悲哀啊！

（3）要想不被岁月戏弄、无情抛弃，倒是早死为好，那就永远留下一张年轻、英俊的面孔。王勃永远是二十七岁的英俊青年，周璇定格在三十七岁，永远风流倜傥，永远光彩照人，永远是叫天云雀、金嗓子。古人说，"寿则多辱"。从这个意义上说，也是。

（4）小崔手持一把锋利的尖刀，硬是把这些本该掩藏起来的私密挑将出来，看了令人伤感，但又避不开诱惑，伤感也还想看。

哲学能让人透过现象认清本质，也是一把解剖刀。祝你思考得更多，认识得更多，解剖得更多。

王充闾

2004年7月31日

致黎枚

黎枚：

你好！

你在信中说到做学问的路径，我缺乏这方面的体验。前几天，在沈阳师范大学文化研究中心举办的一个学术研讨会上，听了国内有些学者的发言，受到一些启发。

他们研究的范围比较广，而题目都不太大，所谓“宏大叙事”的很少。一位学者的研究课题，是《人民文学》几十年的走向；另有一位专门研究学科“边缘化”问题；还有一位的题目是《谈谈“对话”》，他有这样一个观点：在对话的世界里，一切都相对化，不存在绝对真理，也无所谓凝固的思想与学说。

听了大家的发言，我突然记起了朱熹的一首诗：“步随流水觅真源，行到源头却惘然。始信真源行不到，倚筇随处弄潺湲。”溯流而上，寻觅溪源，以为到了源头就会看到，所以心中充满了憧憬；可是，所谓源头，实际上只是几股细流汇合之处，它的真正源头究竟在哪里，人们并找不到，因此，又有些惘然若失。黑格尔老人说，矛盾引导前进。人们就像追寻溪流的源头那样追求真理——真理有如溪流的源头，实际存在着；但它同样需要永无休止地去追求。

当然，如他所说，绝对真理是不存在的。对于研究者来说，主要是找准视角，提出问题，也不一定都要得出固定的结论。

王充闾

2004年9月20日

致孙昌武

孙先生：

您好！

前几天我去了营口，昨晚返回，读到了您的邮件，非常欣慰。

您讲得特别好，针对性很强，可说切中肯綮。长期以来，我写作散文，总是对两个问题处理得不够理想。一是文笔放不开，写得比较紧，不够从容，缺少波澜，不能舒展自如地信笔抒写，没有“纵一苇之所如，凌万顷之茫然”的潇洒气度。这当然是个性拘谨和缺乏才情使然，也和长期从政有关，规行矩步惯了，养成了格式化、正规化的毛病。二是文中叙事过于集中，不善于在交代历史背景中夹杂着议论、抒怀。这个毛病的产生，与前一个方面也有关联。总之，文章读起来，令人觉得缺少变化，缺少灵气。

您推荐的韩昌黎的《张中丞传后叙》，夹叙夹议的写法实在高明。此文从前也看过，印象不深；现在经您点拨，“带着问题”来读，就觉得切中要害，颇有收获。联系到那篇陈（梦雷）李（光地）纠葛的文章（指拙作《灵魂的拷问》），就觉得交代事件经过太集中了，化解不开，以致显得有些沉闷、壅塞。

两方面的缺陷，您点得都非常准确，我已把邮件全文下载，打印出来，今后要放置案前，细心揣摩，同时多读一些范文，力求补偏救弊，有所改进。还望日后经常联系，时时有以教我。

充闾

2004年10月4日

致周立民

立民先生：

您好！

收读复函，至为欣慰。感谢您与陈思和先生的殷殷垂注。

陈先生年富力强，灵心四照，眼界开阔，思致深邃，实为一代学人中之翘楚。虽然暌隔南北，没有条件像您那样幸获亲炙，但私衷仰慕已久。异日如有沪上之行，自当亲接风仪，藉聆清诲。

从2001年初卸下政务之后，我已能专事创作与治学，得遂平生夙愿。省作协那面，我基本上是“尸位素餐”，去得不多。每年除以少量时间出外转转，一至两次去天津南开（兼任那里的客座教授），其余时间都可以静下心来读书、写作，其乐亦融融也。

望以后经常联系。陈先生处代为问候。

王充闾

2005年3月31日

致孟繁华[①]

繁华先生：

您好！

这两天，我一直在看《马大帅2》，那里面许多“逗哏”的笑料，往往令我笑得合不拢嘴。按说，以我的个性与素养，与此本不相协调；无奈，人们总是在紧张的思索、劳作之余要消遣、要调节的。而要消遣，又只能面对这类节目，选择的余地并不很大。

我们这个民族素以丰饶、富有的精神文明称雄于世，我们原是有过许许多多清新、雅致而又令人动情动心的作品的。比如，上世纪30年代那些散文、小说、戏剧、电影就是。今天早晨我照例看了星期天的《电影传奇》，在《马路天使》中又听到了周璇那“金嗓子”的“天涯海角觅呀觅知音”和“春季里来绿满窗”等歌曲（周璇主演的电影的特点，是每片中必有歌曲，而且，一经歌唱就广泛流行），是那么悠扬悦耳，那么婉转动听。可是，从我一参加工作、走进社会，就被告知这些都是资产阶级、小资产阶级的情调，不能观看，不准观看，更不要说欣赏、赞誉了。“山中无老虎，猴子称大王。”于是，我们就让那类粗俗不堪的乱侃或者武侠之类的打斗充斥银幕、满坑满谷了。粗俗到什么程度且不去说，单看银幕上字幕的错别字，就令人瞠目结舌。范伟转文说了个“三顾茅庐”，字幕打成“三共谋”；赵本山说个“天生丽质”，而字幕书写者不懂得是哪几个字，结果就成了“天生立志”。

---

① 孟繁华，著名文学评论家，沈阳师范大学文学院教授，博士生导师。

真是呜呼哀哉！

不过，也应该承认，作为一个民间艺术家，一个难得的人才，赵本山确有其独到之点、过人之处：

他在沈阳中街剧场开办刘老根大舞台，已经两个年头了。小品专业作家崔凯曾建议他，请几位专家帮助这些二人转演员提高一下演出质量。赵本山却说，这些民间艺术不能让专家指导，否则就把二人转整变味了。过于艺术化的东西，容易和观众拉开距离，不如现在这样“毛边水茬儿”的演法让观众感到亲切，觉得过瘾。由于这些演员都是土生土长、带有泥土味的，他们心目中的上帝就是观众，因此在演出中，能够按照观众的口味，不断地进行调整、提高。反过来看，有些专业艺术团体为什么不受欢迎？并不一定是艺术水准问题，而是由于脱离了本土，脱离了自身实际，脱离了大众的文化需求。这使我想起了艾莫逊在《依靠自己》一文中所说的：“尽管宇宙充满了至善，但是如果一个人不在属于他的那块土地上付出辛勤的劳动，他也就不会得到丰收的果实。”

一篇报道里讲，赵本山对剧本的要求十分特别，基本上不管什么编剧技巧，也不刻意追求什么语言包袱。看剧本他先找感觉，他说：“不能让我的脚够不着地，飘起来的戏肯定不好看。”“脚够不着地”，也就是离开了生活基础。他认为，情节可以虚构，但不能虚假，一旦虚假了，观众就会不信任。特别是塑造人物，一定要有生活基础，哪怕是一句台词，不符合人物身份，他也不接受。他说，艺术最重要的是让人感到真实；喜剧也要真实，把握分寸，胡闹不行，一闹过分了就失去分寸。不可信的东西，肯定不好看，也不美。

赵本山始终把自己当成一个平民演员，无论头上有多少光环，他都会真诚而坦然地说：“我是个农民，领了一帮农民，排了几个给农民看的戏。”他最反对演员摆艺术家的架子，经常告诫徒弟们：“好演员都是群众捧红的，你们怎么尊重我，就应该怎么尊重观众。聪明的演员都把观众当祖宗一样恭敬。”他到刘老根大舞台去看徒弟们演出，观众发现他，有时会喊：“老赵，给咱整一段呗！”一般情况下，他都会上台表演一段，绝不断然拒绝。

就冲着这一点——“把观众当祖宗”，赵本山也是不同凡响的。可以说，这是他的成功的秘辛。

赵本山坚持要走自己的路，其出发点与着眼点，是不能“双脚够不着地”——脱离普通民众；其实，若是从艺术发展规律、艺术人才成长路径上来研究，也是颇有道理的，非常可取的。西方有一句响当当的名言：“成为你自己。”瓦特·拉雷爵士说：“我写不出与莎士比亚相媲美的书，但是，我能够写一本是我写的书。”戴尔·卡内基说得更为透彻：发现你自己，你就是你，记住，地球上没有和你一样的人。在这个世界上，你是一个独特的存在，你是你的经验、你的环境、你的遗传所造就的你。无论好坏与否，你只能耕耘自己的小园地；不论好坏与否，你只能在生命的乐章中奏出自己的音符。

由于对这类问题感触太深，说起来就一发而不可收了。还是就此打住。

王充闾

2005 年 4 月 26 日

致孙昌武

孙先生：

您好！

收读邮件，知一切顺遂，甚为欣慰。

今年以来，我一直比较忙碌，开始是筹划《作品系列》的出版，现已陆续付印。从过去十几本散文随笔集中选出若干篇，梳理出七本来，共一百五十余万字。其中有两本历史文化散文，一本往事钩沉，一本游记，两本随笔，一本诗词。待印出后，即封好奉上，敬请指教。

二月末，在宁波参加过中国作协主席团会议后，先去了上虞，看了白马湖和春晖中学，寻访了王充的墓地，还有谢安携妓高卧的东山。然后转赴福建龙岩地区，在长汀罗汉岭前看了瞿秋白的就义地，又看了永定的土楼。我想就《多余的话》写篇东西。

三月中旬，应邀去韩国光州参加一项文化活动，顺便访问了《春香传》所据原型南原市有关遗迹，并访问了《漂海录》作者崔溥的诞生地和墓地。崔溥字渊渊，号锦南，朝鲜端宗二年（公元 1454 年，明景泰五年），出生于一个儒士家庭，父亲崔泽为李氏王朝进士。崔溥幼承家教，学识渊博，二十四岁进士考试合格，直接进入成均馆研修学问；二十九岁文科及第，从此步入仕途，先后任司宪府监察、弘文馆修撰等职；官级五品，属于朝廷近臣；官声、民望甚佳，特别是由于三十五岁那年，有过一次意外的沧波蹈险、壮游天涯的经历，归来写出一部日记体裁的富有学术价值的传世名著《漂海录》。我正在就此写一篇文章，成稿后还要发给您请教。

四月中下旬，应河南之邀，去洛阳参加了牡丹花会，又去了周口、许昌、南阳、商丘、鹤壁、三门峡等地。收获最大的有三：一是访问了传说中的老子、庄子等的遗迹，有助于研索这些伟大思想家的学术成就与历史命运；二是汉代南阳人才群落的产生以及南阳汉画的神话学、艺术学价值；三是淇水、溱水、洧水，都是《诗经》中屡屡提及的地方。而那时，这所谓郑卫之地乃是思想最开通、民风最古朴，却被圣人说成是“郑声淫”、“靡靡之音”的所在。其他还有关于纵横家鬼谷子以及孙膑的研究，关于中州文化传统及南宋而衰亡的现象，也都很有学术价值。如果这期间没有其他事情干扰，我真想以“中州行脚”为总题写成一本书。

充闾

2005年5月5日

致孙昌武

孙先生：

您好！

奉手教及两部赠书，多谢，多谢。

对于先生深湛的学术造诣，我一向极表赞佩，仰止之情，难以言表。

我尝言：有些学术著作，纵令写不出来，还可以伏案苦读，穷其究竟，而对于先生的佛学著述，只能用孔门弟子赞颂夫子的话“仰之弥高，钻之弥坚”来表达了。鲁迅先生当年刻印过《百喻经》，我也曾看过他的分析，但只是从文学欣赏的角度，尝其一脔；至于其中佛学真谛却少有悟解。当然，如我之鄙陋也并非个别现象，诚如先生所言，对于佛典翻译文学的研究，当代学者在季、周、饶等之后，后继者寥寥。其原因是多方面的，根本在于文化传统之断裂。如果说，宋代史家于宗教往往疏略，“不独由于意执之偏蔽，亦其知见之狭陋有以致之”，那么，今日之学界岂止意执偏蔽、识见狭陋而已！连起码的基本功都不具备。斯文扫地以尽，令人言之痛心。难怪网上对于××大学校长接待台湾政要的举措失当、传统文化功底的浅薄的抨击，是那么激烈。联系到台湾不承认大陆的学历，你××校长尚且如此，学生如何就可想而知了。

相对地看，《诗苑仙踪》一书要容易读一些，我正在看。此书对我，尤其切用。

充闾

2005 年 6 月 6 日

致少儿社编辑

少年儿童出版社
编辑同志：

遵嘱，对下述两组文字作了点评，送上，请审阅。

点评《一片绿叶的回忆》

在一篇不足五百字的短文里，作者巧妙地运用有关绿叶的一则故事（源于欧·亨利小说《最后一片绿叶》）和一段格言，刻画出一位普通女教师的高尚情怀，构思奇特，叙述也比较集中，开头、结尾都很别致。

其实，文章还可以写得更精练一些，比如，后面既然交代了王老师“送给我一张照片，背面画着一片绿叶”，头一段“翻看照片”、“看到一张照片上画着一片绿叶”等叙述，就显得重复了。如果改为：“在我的记忆里，一张画有绿叶的照片烙下了深深的印迹。”既与“树根一样牢牢地扎在心里”相呼应，又点出了题目。第二段对主人公的介绍也有些啰唆，仅百余字就连续出现六七次“王老师”字样。个别用语不太科学——作者问老师：“怎么这样喜欢绿叶？……老师不置可否”。“不置可否”，应该对应判断性语句，即“是什么”（如果你问的是“是不是这样”，说“老师不置可否”是可以的）；而你问的是“为什么”，那就应该用“老师没有直接回答”之类的句式加以对应。

点评两首小诗

诗，是心灵与心灵间交往的信鸽。小作者借助诗的“信鸽”，以精巧的构思、鲜活的形象和飘逸的思绪，编结出美丽的花环，奉献给衷心敬爱的老师。两诗都采用“博喻”的修辞手法，选取一连串的事物，融想象于现实生活，铺张排比，反复吟咏，来抒发浓郁而真挚的情感。在结构安排方面很有特色。

前一首，把小鸟与星星、小鱼与珍珠、小虫与花瓣相联系，十分贴切。通过四个排比的“我想”，确也表述得比较清晰。当然，也还可以调换一种表述方式，给中间的句子加上一定的修饰，如“我将搏击苍空寻找最亮的星星”；“我将遍游深海觅得最大的珍珠”；“我将不知疲倦地出入花丛，采酿最香甜的花粉、蜜液”……这样，当会表达得更为充分，从而收到更佳的效果。

后一首，思致更精巧一些，但也有瑕疵可指。说“淡淡的花香”是“我们的笑容”，不够确切。与“笑容”相对应，可能“花朵”更恰当一些。

王充闾

2005 年 6 月 6 日

致香港大公报副刊

编辑先生：

您好！

陈鲁民先生的文章经常见于大公报副刊上，知识丰富，文笔潇洒，读过颇获教益。顷见8月8日副刊《大公园》上陈鲁民的《无人嫉妒实可悲》，内容很好，唯文中“郑国公子伐子都嫉妒颖考叔夺得头功，在攻打敌国城池时，当颖考叔在跃上敌国城墙的一瞬间，伐子都从背后一箭将他射死”一段，“伐子都”应系“子都”之误。

考诸古籍，有关子都的载述甚多，均未发现“伐子都”的提法。《诗经·郑风·山有扶苏》：“不见子都，乃见狂且。”毛传云：“子都，世之美好者也。”《孟子·告子章句上》中亦有“至于子都，天下莫不知其姣也”的论述。

这个“子都”实即郑庄公时之公孙阏，其人字子都，曾射杀颖考叔，而庄公竟不欲置之典刑，其得宠可见。此事，详见《左传·隐公十一年》。《东周列国志》第七回敷陈其事，还增添了颖考叔死后，其鬼魂报仇杀死子都的情节。后世的传统京剧保留剧目——武生戏《伐子都》似即本此。而陈文中的“伐子都”之误，也可能是受此“戏名”影响。

上述意见是否有当，愿就正于鲁民先生。

王充闾

2005年8月13日

致马瑞芳①

“聊斋”中人：

您好！

大札拜诵，欣慰何似！过去只知道蒲翁的生花妙笔倾倒了无数须眉，没想到青州才女独逞高华，秀出荧屏，大张艳帜，竟让柳泉居士通过《百家讲坛》，走出书卷，重现人间。丙戌肇始，必将获取更多的文学硕果，为祝为颂。

提起戌狗，似乎不如龙、虎、马、牛，有诸多话题可供饶舌；其实，狗年也是颇有来历的。袁中郎《宿朱仙镇》诗：“马角不生龙帨冷，伤心直到犬儿年。”诗中用了徽、钦二帝被掳不还和“岳家军”制胜朱仙镇两个典故。岳飞死于1142年1月28日，旧历壬戌除夕前夜。元人杂剧《杀狗劝夫》中也有“这等人狗年发迹徕峥嵘”之句。看来，历史上，狗年并不是个太好的年份。不过，马教授却不会受此限制，新的一年定当尽如所愿，“旗开得胜，马到成功”。

王充闾

2006年1月26日

① 马瑞芳，山东大学中文系教授、博士生导师，《聊斋》与蒲学研究专家。

致王星汉

新疆大学文学院王星汉教授来信，以所作苏、皖、泸纪游诗征求意见。回复如下。

星汉先生：

您好！

诵读大作，如同欣赏雅乐，“洋洋乎盈耳”，又像饱饫一席丰盛而精美的大餐，直觉口角噙香，精神愉悦，确是一番难得的艺术享受。

吟诵中，不时地为您的鸿才巧思，拍案叫绝。难能可贵的是，幽情逸韵，寄慨遥深，竟然风趣乃尔；庄谐杂引，笙簧并作，令人忍俊不禁。窃以为，为诗文者应该兼顾两方面：一是鲁迅说的，没有悲哀和思索的地方，就不会有文学；二是康德所言，笑是一种从紧张的期待突然转化为虚无的感情，正是这一对于悟性的转化，在一瞬间跳跃式地引起欢愉之感。二者相反相成，同臻妙境，各有千秋。依我的创作体验，为前者尚易（相对而言，实际上未必），而为后者实难。套用孔夫子评论宁武子“其智可及，其愚不可及也”的句式：可以说成“其庄可及，其谐不可及也”。因为幽默、风趣原是一种智慧的展现，非奇才伟智者不能为也。余为诗文历四十年，有志于此久矣，到头来，仍未能望其涯际。即此，亦益服星汉先生手眼之高也。

充闾

2006年3月5日

致赖云琪[①]

云琪先生：

您好！

遵嘱，现将《王充闾文化散文丛书》有关文章及资料，以“附件”形式发给您。

按照出版计划，丛书共分三辑，涉及文章近四百篇，绝大多数篇章都已送达。其中《人物散文》《智性散文》两辑中的文章已经齐备，这次重新调整了目录，请据此核对文章，如有欠缺，请尽快告知;《情感散文》一辑目录未变，只是尚缺四篇文章，此次全部补足。如果个别篇章的题目与目录不符，应以目录为准。

所发文件共四种：

一、三项资料（作者介绍、所著书目、评论家有关研究论著书目）；

二、调整后的《人物散文》目录（较前减少十三篇）；

三、调整后的《智性散文》目录（较前增加十七篇，其中包括从《人物散文》中移入的十三篇，另外新添四篇）；

四、补足《情感散文》所缺的四篇文章（《有歌有酒春常在》《捕蟹者说》《感受时间》《情注河汾》)。

先生在贵社资望甚深，出书经验丰富，文字功力与责任心都非常

① 赖云琪，重庆出版社《王充闾文化散文丛书》责任编辑。

强。作为本部丛书的责任编辑，实乃作者之幸。全部文字，均仰仗先生审核、定稿。

谨此奉托，遥申谢意。

顺颂

编安！

王充闾

2006年3月9日

致孙昌武

孙先生：

您好！

久疏音问，甚为怀想。

我也是刚从上海回来，参加中国作协的主席团会。会议期间，从《万象》顾问的角度，拜会了几位知名的作者：黄裳、鲲西、钱伯城、葛剑雄、陈子善、江晓原、毛尖等。原来还想见见金性尧、何满子先生，只因他们年登髦耋，健康状况不佳，终竟缘悭一面，估计以后难以见到了。

会议中间，还以作者身份，应邀去了解放日报、新民晚报、文汇报社，还去了上海书店出版社。您说的姜鸣的散文集《天心不语对枯棋》，我这次在上海买了一本，看了几篇，质量不太整齐，总的感觉不错，特别是写贤良寺——李鸿章的那篇，印象很好。

说到《中国新文学大系·杂文卷》的序言，现在还没着手写作。这次在上海看到了王蒙先生（他是“大系”的总主编，正是他点名要我担任杂文卷主编），我以对杂文创作、杂文作者不熟为由，请求辞去这个差事，他不准，最后讨价、还价，答应可以找个助手；交稿时间可以推到年底或再晚些。但我还是“贼心不死”，下一步还要继续努力，争取能够卸任。

知您将有台湾之行，而且长达两个月，十分艳羡。那里的文化氛围还是比较浓厚的。交流有得，尚望函告。等您回来，我再安排到南开去。陈洪、刘俐俐、铁荣诸位先生那里，请代为问候。

祝您

台湾之行一切顺遂！

王充闾

2006年3月16日

致柳青松

青松先生：

您好！

转发的香港城市大学倪若诚、江红二位先生的邮件，已经读过。感谢您的热心操持、积极运作。这次关于拙作《北方乡梦》的译事，给各位带来了许多麻烦。沈昌文先生及其爱女沈双小姐，花费了大量心血，令我感激不尽；遗憾的是，这次在上海没能见到沈公，望代为致意，表达我的深沉的思念与诚挚的问候。至于您和晓群先生，更是极尽斡旋之能事。下步的具体安排，一听尊便。

如近日能与倪先生、江女士联系，也请转达我对二位贤伉俪的敬意，感谢他们在紧张、繁重的教学之余，冒着炎炎盛暑，勉承译事之劳。至于他们提出的增写一篇作者自序的建议，我可立即着手撰写，然后再与您和晓群先生切磋。作者情况介绍，如何弄，您定吧。

即颂

编安

王充闾

2006年6月16日

致孙昌武

孙昌武教授来函谈到，准备对东北少数民族问题进行研究，希望我能提供一些钩沉、踏勘的线索。

复函如下。

孙先生：

您好！

您的这个选题确实是大有文章可做。要论东北地区少数民族问题，实在可与西南地区或历史上的西域媲美，甚或过之。

单就我们辽宁来说，这里自战国后期秦开却胡、燕人北徙以来，土著与外来的少数民族即纷纷南下，迎头冲去。辽海地区的原住少数民族高句丽，来自北方草原的乌桓、鲜卑，还有东北腹地的夫余、靺鞨，中亚一带的胡人，后续的又有契丹、女真、满族等多个民族，携带着他们的多彩多姿、各有特色的文化风习，一齐到这里来聚集汇合。这样，农耕文化与游牧文化的融合、冲突与互变，便成为其基本特征与核心内容。

高句丽的历史更长一些。早在公元前108年，汉武帝即在东北松辽平原和朝鲜半岛设立四郡，由中央直接管辖，其中的玄菟郡首县高句丽县，为高句丽族聚居之地。到了汉元帝建昭二年(公元前37年)，夫余国的王子朱蒙为了逃避宫廷内部的血腥斗争，全身远害，逃离夫余国南下，历经艰难险阻，终于选定了桓仁的五女山，据为山寨，建城立国，40年后将都城迁往吉林辑安。

十六国北朝之际，鲜卑的慕容家族在柳城之北、龙山之西建都为龙城（在今辽宁省朝阳市）。前燕、后燕、北燕立国八十八年期间，龙城作为三燕都城达五十二年之久。

对于医巫闾山，契丹人似乎葆有一种特殊的情感，方圆几十公里范围内，遍布着许多辽王朝的历史文化遗存。就中以埋葬在龙岗村的耶律倍父子的显陵和乾陵为中心，另有十三座附陵。

辽海地区也是金代女真族的统治区域。金朝第四代皇帝海陵王完颜亮被杀后，金世宗登极就在辽阳。

蒙古族统治者在辽宁设立了东京行省，省治最初设在辽阳，后迁往咸平、懿州，也都在辽宁。

后金崛起于辽东，尔后的明清战事，整个集中在这一带，这里成了清朝的龙兴之地。努尔哈赤以十三副遗甲起兵抗明，从费阿拉、赫图阿拉到界凡城、萨尔浒，再到辽阳、沈阳，然后进关，统一中国。要研究清代和满族历史特别是清前史，辽宁是绝对绕不开的。

先生如果有意前来实地考察，请事先赐函，以便做些资料方面的准备。

充闾

2006 年 6 月 23 日

致王光

王光同志：

您好！

大作均已收读。谢谢您的关注，并为享受您的艰辛的劳动成果而心存感激，同时也产生了颇多的感喟。作为一名少小离家的游子，翻看您笔下关于旧日乡关和医巫闾山的描述，有如昔梦追怀，总带着丝丝的怅惋和浓郁的眷恋。

书中许多场景，对我来说，虽非亲历，却似曾相识，这样就更增添了亲切感与认同感。旧时代的往事，即使是金色的童年，也都是苦涩的，只是由于经过岁月的洗涤，那些苦难的因子已经滤除，留下来的多是青灯有味，忆念无穷了。

您的学术研究已经达到相当高的水平，取得了突出的成就。极度钦羡之余，我也总结了您的成功路径与经验。一是专一性。抓住医巫闾山、民俗文化、古代地域历史三个方面内容，锲而不舍地钻研下去，绝不旁骛。这是取得成功的关键所在。二是独特性。重视田野实地调查和民间非物质文化遗产发掘，掌握第一手资料，采撷独家资源，做他人所无法从事，只能望山兴叹的事业。三是丰富性。在写法上，善于把古代文史载记与当代口头文学、神话传说、各种图像完美地结合在一起，有意蕴，有深度，有张力。既立论有据，又富有想象力、神秘感、陌生化，可读性极强。愿今后能沿着这条成功之路，大踏步地走下去，深信定会取得更大的成功。

前所寄赠的《寂寞的山神》，放置案头，得闲便翻阅一通，所获甚丰。这三部著作到手，当会给我带来更大的收获。望今后多联系。收到此件后，请告以邮编和寄信地址，以便将拙作寄上。

敬致谢忱，并祝成功。

王充闾

2006 年 7 月 26 日

致祝勇

日昨，接到青年作家祝勇来信，谈到在地中海里冲波搏浪、纵情游泳的情景。

复函如下。

祝勇先生：

您好！

尽管事先已掌握了结局——发信人安然健在，但我仍然禁不住一阵阵悬心在口。

我觉得，您竟然遨游地中海，确实是太冒风险了！

几十年前，日本海域吞噬了一位伟大的音乐天才，令人至今仍怅憾无涯；如果地中海魔女再抓走一位文学天才饱其馋吻，或者遂其爱欲，那将使我痛呼负负，永抱无涯之戚而抱憾终天也。

您知道，王勃当日交趾寻亲，就是这么被南海惊涛卷入无情海底的。为了写作那篇《千载心香域外烧》，访越期间，我往复彳亍于这片海岸，不知有多少次。我同当地几位作家交谈，探讨王勃致死的原因。他们讲述的南海波涛，几乎和您所描述的地中海，如出一辙，雪浪滔天，令人惊惶四顾。当时，王勃是在登船离岸之后，船被浪头簸翻，然后，就奋力回游（他出生在山西龙门，临近黄河，素知水性，泳技高超），但终于被浪头压住，无法抬头出水……

您这场生死经历、生命体验，固然十分宝贵，但代价终究是太大了。当然，胜利者是光荣的，强者无敌。让我献上一百朵英雄花——浪花，斟满十斛美酒——海水，祝贺强者的生还。

王充闾

2006年8月9日

致王先霈[1]

先霈先生：

您好！

访俄同行，欢谈旬日，受惠良多。先生博洽的学识、开阔的视野、深邃的识见、准确的知识把握，给我留下了深刻印象。

倦游归来，料应尚未转换时差，即迅速将照片发来，令我感动。两幅在名人墓前的摄影，有一幅的墓地我记不清了，该是《铁流》作者绥拉菲莫维奇的吧？未知确否，还望告知。如有其他照片，尽可从容寄发，无须着急。切望善自珍摄，注意休息。铭感之余，再申谢意。

寄发的柴可夫斯基《如歌的行板》，已顺利下载欣赏，并连续听了三遍。尽管我并不具备一双欣赏音乐的耳朵，但在六分半钟的往复变化的优美旋律中，却也深深为那音色暗淡、情调内在、略显激昂的曲调所打动。果然如您所述，有如泣如诉、如怨如慕之感受；我似乎确实从中听到了哀哀生民的痛苦啜泣。难怪老托尔斯泰听到它，会泪花盈脸，说是“接触到了灾难深重的人民的灵魂深处”。

通过欣赏这部乐曲，从中也悟解了一些艺术的道理。资料记载，1869 年夏天，柴氏在他妹妹的庄园里，听到窗外的泥水匠唱小亚细亚的古老民谣《万尼亚坐在沙发上》，深受感动，于是记下了曲谱。从这里可以看出：一位成功的艺术家不放弃任何学习、借鉴的机会；

---

① 王先霈，华中师范大学文学院教授、博士生导师，曾任湖北省作协主席。

特别是注重向丰富的民族文化传统、民间音乐学习。更为难能可贵的是，他有“点铁成金”的本事，能够在原本无聊闲适的小曲的基础上，化腐朽为神奇，把俄罗斯民族音乐同西欧古典音乐统一在作品中，以音乐来描绘心理活动，探索人生的奥秘。真不愧为一位秀出群伦的艺术大师。而这一切，对于从事学术研究、文学创作的我们，都有直接的、重要的启示、引导作用。

以后，当您遇到哪类艺术精品时，还望随时寄发，以启尘蒙。

即颂

教安

充闾

2006年8月29日

致陈子善①

子善先生：

您好！

大札奉读，无限欣慰。多谢您的殷殷垂注。

沪上一别，忽忽两月有余，每思聚首时光，辄倍感温馨、愉悦。那次参加黄裳先生散文研讨会，收获颇丰，备极欢惬。如果说稍有不足，是未能拜见徐中玉先生，至今还引以为憾。先生对我，关怀备至。不仅写过评论拙作的文章；而且，在我获得鲁迅文学奖、出版散文集《沧桑无语》时，都专函致贺，令我铭感五中，为我创作与治学增添了无穷的力量。您如果近期能够见到徐先生，请代为转达我的敬意与谢忱。

沪上归来后，我曾去黑龙江小住一些时日；然后即参加中国作家代表团出访俄罗斯，八月底才自莫斯科返回。此行增广了见闻，获益良多，然亦十分疲累，特别是由于行走过多过急，关节出了毛病，将近半个月时间，不良于行。现正在治疗中，也有可能还要接受一个小型手术。

欣悉您将有沈阳之行，无任欢迎。秘书的手机整天开着（送呈的名片中，标有号码），到后，即请与他联系，我将前去拜望，以慰怀想。

王充闾

2006年9月5日

① 陈子善，华东师范大学中文系教授、博士生导师，中国现当代文学史家。

致钱明锵

钱先生钧鉴：

久仰高华，缘悭一面，每以为憾。

逐期赏读《西溪吟苑》中大作，称赏之余，殊深感佩；日昨又接到经先生荐引的“乐清王十朋纪念馆”楹联约稿函，益增感念之情。

在下于公余之暇，长期从事散文创作，诗词联语偶一为之，未敢以通达自许也。然而，却之非惟不恭，恐亦有负于先生推挽之诚、瞩望之殷也。勉成一联，敬呈先生审定，望能有以教我。如以为可，即请代为转致“王十朋纪念馆”。在我，算是卸下了文债，采用与否，未遑计也。

遵嘱，后附简历一则，小照一张。

近日出版一本诗集，一并寄呈先生，望予指教。

即颂

吟安

王充闾

2006 年 11 月 27 日于沈阳

拟王十朋纪念馆联

立德立功立言　百代清标垂竹帛

毓真毓善毓美　万方贤士仰梅溪

致陆灏

陆灏先生：

您好！

大札收读，不胜怅憾。《万象》在您和沈昌文先生的鼎力支持和直接参与下，取得了煌煌胜绩，赢得各方面的赞誉。不意竟因资金问题，难以为继，憾甚憾甚！在泸期间，听说您和沈先生有可能不再编刊，我当即向晓群先生提出，一定要极力挽留，大家同舟共济，渡此难关。如其不成，我也不再做顾问了。

晓群先生与我的看法完全一致，但由于他已不兼辽宁教育出版社的社长，有些事也做不了主。现在，我们最担心的后果，到底还是出现了，只能徒唤奈何，深感痛惜。

今晨，我电话联系晓群先生，没有接通。我想请他再作最后努力，而前提，还是请沈先生和您参与其事。如果实在没有挽救的余地，那也只好作罢。

王充闾

2006年12月20日

致马瑞芳

瑞芳教授：

您好！

您为百家讲坛准备的这篇《我学经典》，确是一篇妙文。我是从做学问和文学写作两个角度来认真研读的，觉得怡然理顺，浃髓沦肌，深获教益。感之、悟之、赞之不置，何敢言“审”？

谬承青盼，愧不敢当；但是，恭敬不如从命。遵嘱，做了一点点小的补充。以附件发回，用彩色文字标出，未必得当，聊供参考。古人说：“贤者识其大，不贤者识其小”，琐屑卮言，如是而已。

预祝

讲座圆满成功！

王充闾

2007年3月4日

致林非

林先生：

您好！

又是风花五月天，京城该是花光照眼，秀色无边的了。忆起江南、塞北几番相聚情景，为之悠然神往。自上次经您举荐，应下陈东久君的嘱托，为他那个“文房一号”写作诗词，可说是耗尽了心思。承命挥毫，缺乏真实感受，勉强凑成一首七律，算是交了差，工拙未遑计也。现抄呈先生一阅，如以为可，即请转送给他。

再次感谢您的关注。即颂

大安

充闾

2007年4月13日

题赠文房一号　东久先生正之

云海襟怀大雅情，即从极品见分明。
文行天下功无量，艺溉心灵誉有声。
纸寿千年邀俊赏，墨华七色证人生。
砚田万顷春光满，虎掷龙腾待笔耕。

致赵南荣

上海文艺出版社策划编辑《中国新文学大系》，聘请王蒙先生为主编。王先生推荐由我主编其中的杂文卷。我力辞后，同意续聘朱铁志先生做副主编。尔后，我又与出版社联系，百般辞谢，并推荐由铁志先生主此笔政。经过一段恳切要求，终于获准，但仍然坚持我不卸任。为此，我给责任编辑赵先生复信。

赵南荣先生：

您好！

终于得到了答复，自然感到欣慰。但我的原意，是就此告退；而贵社坚持"双主编制"，要我与朱铁志先生一同担任，心中颇感不安，因而再度加以申述，希望得到理解与支持。

前已说明，"隔行如隔山"——我原本是写作散文与诗词的，于杂文写作、杂文队伍颇感生疏，而且年事已高，不愿也没有能力硬着头皮勉为其难，去主持并非自己所长的本项编务工作，以免苦了自己，又误了事业。

而铁志先生出身北大哲学系，是国内的知名杂文作家，与杂文界素有广泛联系，多年来编过许多部权威性的杂文选集，而且年富力强，眼界开阔；事实上，到现在为止，所有编务方面的工作都是他独力完成的。他的思想与业务素质都非常好，自始以来，从未计较过正职副职、名利地位。举个例子，为了编这部书，他自己尽管已有上百万字的杂文作品，但是一篇也没有往里选。他对我非常尊重，认为主编是我，他不便越俎代庖，去从事绪论的写作与稿件的审定。（为了帮助我写作序言，他主动提供了许多资料，包括他自己撰写的研究成果。其实，这些方面他早已成竹在胸，稍一动手，即可完成。）

我之所以坚持推荐铁志先生，完全是从有利于工作出发，出以公心。诚恳要求，千万千万，再不要破例搞“双主编”了，我不愿意担虚名，邀浮誉；因为那样实在对不起铁志先生。“多龙治水”，向来都是最误事的；有我在前，铁志先生不便于出头做事。因此，我就此告退——既然已经荐贤自代，而且得到贵社对铁志先生的认可，可以说是“求仁得仁”，我在心存感激之余，也就完全放心交班，再不会参与其事了。

深深铭感您和郑宗培社长对我的厚爱。愿以后在散文创作方面，继续予我以支持。

王充闾

2007 年 8 月 22 日

致许谋清

谋清先生：

您好！

很高兴收到您的邮件和您新写的一些文章。文章一篇篇地读着，思索着，又仿佛身在晋江，同您联床共话，促膝欢谈，感到十分惬意，十分畅快。

您的文章，极有特色，完全不同于时下一般的散文作品。窃以为，要达到您的学养、您的见识，您的才华横溢、融会贯通，自然非常不易，不过总还可望“窥其门墙”；但是，若要企及您的特异的思维方式，学得您那时时令人拍案叫绝、出奇制胜的特殊视角、特殊眼力、特殊感悟，就实在具有极大的难度。或许如古人所言，此为“迨天授，非人力”也。应该说，这也是我极度欣赏您的文章，而且自愧弗如的关键所在。

那篇《黑白诱惑》跋中，关于您的“教子”的见解，可谓实获我心。

王充闾

2007 年 8 月 28 日

致张恩华

恩华同志：

您好！

您在繁忙的工作之余，潜心研究并实践诗歌的写作，兴趣之浓，用力之勤，探索之深，令我感佩。承询诗歌写作的要领与规律，我虽也同样关注，但若归纳出几条几款，一封短信难以说得清楚，勉缀数言，聊供参考吧。

在我看来，创作诗歌，固然出于个人灵悟，但还是有规律可循的。如果把作品比作菜肴，那么，这类反映创作规律的心得体会，就相当于厨师选菜、配料、烹调的经验、做法，是因人而异、各有章法的。据我个人体会，最要紧的是诗主性情，必须有“我”。性，表现创作的个性；情，要有真情实感。内在有了真实感受，创作构思也就有所依凭。所以说：古人说：“提笔先须问性情”，“诗中无我不如删”。这也就规定了被赋予一定艺术形式而表现出来的真情是诗歌作品的灵魂。诗歌中当然也要表现景物、形象，但归根结蒂，还是要诉诸情怀。古罗马的贺拉斯早就说过：“一首诗仅仅具有美是不够的，还必须有魅力，必须能按照作者愿望，左右读者的心灵。”有性情，自然也就有个性。一是诗人须有鲜明的个性；二是表现在艺术上，要个性化，要有独创性。“作诗，不可以无我”，“有人无我，是傀儡也”。清代的大诗人袁枚有过这样的断语。当然，诗才也是很重要的，并非有了真情和个性，就一定能写出好诗。所谓诗才，内容十分丰富，概言之，就是创造力。意大利的浪漫主义作家福斯科概括为“强烈地感受、敏锐地观察、新颖地构思和准确地组合的能力”。也有人认为，主要是指诗人的审美能力和艺术表现能力。现代科学研究证明，人才的智能分为再现型、发现型和创造型三种，诗人无疑应属于创造型。创造、创新，必须具有丰富而独特的想象力。概括起来，一是真性情；二是创造力；三是想象力。三者得兼，为诗可矣。

充闾

2007 年 10 月 17 日

致李晓虹

晓虹博士：

您好！

来信收悉。现在，文学界有一种倾向，似乎除了小说，别无可议；而您在编辑年度散文选本中，对当前散文创作问题却至为关注，这是很难得的。

承询鲁迅文学奖评奖中发现的散文创作问题，我虽然参与了两届评奖，也读到了上百种散文作品，但缺乏认真的分析、归纳，只是凭感觉谈些看法，未必准确，仅供参考。

1. 近年一道靓丽的风景，是新生代散文队伍的出现。这些作家具有自觉的散文文体变革意识，他们通过想象与虚构，对传统散文话语有关“真”的狭隘理解予以颠覆；新生代散文作家大多具有写现代诗的背景，诗人所拥有的跳脱的思维，大胆的想象，敏锐的感觉能力，将“诗质”镶嵌在散文语言的血液和肌理里；语言大都鲜活灵动，有的应用陌生化、模糊化手法，使所表现的事物或者心境更加突出；他们在对历史的多维思考中，也能够突破既定思维方式、评析标准，彰显独立思维。当然，他们也有明显的欠缺。一是不太符合散文规范，有的随意虚构，模糊了文体界限；二是视野比较狭窄，内容失之于浅薄；三是文学性稍差，往往任意挥洒，不够精练，显得拉杂、拖沓。

2. 散文著作中现实生活类作品较多，本应该透过现象揭露生活的本质，可是，许多作品由于缺乏哲学思维、深度意识，缺乏艺术想象力，缺乏艺术独创与深刻思想的支撑，结果呈现肤浅化、表面化、照搬生活的缺陷。敞开文体的边界，实际上是对于创造力提出了更高的要求。自由并不意味着轻松，形式在文学与生活之间设置了必要的距离，可是，许多反映现实生活的作品，表象化明显，深度不够。

3. 有些作品是向书本中讨生活的，缺乏足够的生命体验，缺乏新的发现、新的认知、新的视角，不能突破思维定势；有一些是作家的主观意识不强，或者说灵魂不在场。这两种都导致了停留在复述历史的状态。

4. 个性化写作，有些作品视野比较狭窄，基本上是写一己的吃喝拉撒睡、婚恋，小情调，小趣味，小感悟。胸襟、怀抱、情怀、视野过于狭窄。我把它归纳为两个缺乏，缺乏深度意识，缺乏宏观视野。

总之，许多作品想象力贫乏，创新不足；深度不够，思想平庸；文学性差，缺乏审美价值。这些，大致成为当今我国文学创作特别是散文创作的带有普遍性的倾向。

王充闾

2007 年 12 月 17 日

致骆天蓉

天蓉：

你好！

很高兴收读你的邮件。谢谢在都江堰采风活动中你所给予的亲切关怀和热诚帮助。

作为大学生村官，你对所在乡、村怀有无比深厚的感情。不仅工作成果优异，而且，在思想修养，认识事物、分析问题的水平，以及语言、文字的表达能力方面，都给参加采风活动的作家朋友们，留下了很深的印象。

听到你谈及在村里任职和深入农户、同农民结交朋友、开展思想工作等情况的介绍，我立刻联想到 1958 年（整整过了半个世纪，那时你爸爸可能还没有出生吧），我刚刚走出大学校门，到盘山县棠树林子乡秃尾沟村担任团支书、劳动锻炼的场景。年龄相同，职务相差无几，但是，我们那时的思想水平、胸襟视野、认知能力，同你们比较起来，简直是悬同霄壤。时代毕竟是飞速地前进了。长江后浪推前浪，一代新人换旧人。你们赶上了千载难逢的机遇期，以有为之时，处有为之地，立有为之志，做有为之人。相信今后你会有更远大的前程，得到更理想的发展的。愿奋发努力，好自为之！

今天午后，我即把你所要的《春宽梦窄》等三部拙作寄过去，就中有一篇名为《薏苡的悲喜剧》的散文，描述了我担任村官，涌入农村“大跃进”洪潮的切身经历。隔世风霜，接触一下，也许不无益处。

春季农活集中，你要天天下地，所摄照片的传递不必着急，等闲下来再发也没关系。

东风送暖，春雨绵绵，清幽、静美的虹口乡，该是处处山花怒放、条条绿水萦回的吧？

王充闾

2008 年 4 月 14 日

附记：

六天过后，4 月 20 日，小骆即发过来多张照片；但散文集尚未到手。我当即作复，一是表示感谢，二是说明挂号邮书，不会丢失，估计要晚到几天。

5 月 12 日，天崩地坼的汶川大地震发生，都江堰市处于地震中心地带。惊恐、震撼之余，立即给骆天蓉发了邮件，但未见回复，遂写信询问，仍然没有回声；深悔当时未能记下手机号码，以致无法直接联系，始终悬念不置。

致王莎

王莎同志：

您好！

作为东道主之一，您在这次作家采风活动中，尽心尽力，为文友们提供了许多方便条件，使大家深受感动。尤其是我，承您周到安排，在电子工业技术大学的讲座，进行得十分顺利。在此，再次表示由衷的谢意。

那天，一听说四川发生大地震，成都文友，所识不多，我首先想到了您和汤先生，还有王均先生。打您的电话不通；王均倒是接通了。当即询及成都人员的伤亡情况。他说，并不算重，因为离震中还有一定的距离。没办法与您联系，还是不放心，所以，又发了这个邮件。

这场惨烈的自然灾害，来得实在是太突然，也太厉害了！好在救治得及时，各方面行动迅速，人心得到凝聚，中央威望大大提高，在世界上树立了良好的形象。我们这些日子，天天都守在电视机旁，关注着四川的灾情，而且都踊跃捐资，都想为灾区、灾民奉献一点绵薄之力。

都江堰市，据说震得非常厉害。这次采风活动，多亏您们举办得早，如果再延缓一些时日，那可就麻烦了。现在，也不知道那个小村官——陪同我们参观的小骆现状如何，电子邮件未见答复，随后又发了一封快信，也没有回音，益增挂念。

顺颂

文祺

王充闾

2008年5月19日

致陈义之[①]

义之先生：

您好！

日昨收到寄赠的大作，殊深感慰。过去，通过友人绍介和翻检当代文学史，知晓先生为当代著名诗人，又是散文大家，但是，只是在文学选本和华文报刊上零星地看到一些篇什，终属吉光片羽，不免有未窥全璧之憾。这次在都江堰有幸识荆，藉聆清诲；现又捧读“九歌版”的两部新作，真是喜出望外，快慰平生。

诗与散文，已读过泰半，确如痖弦先生所说，“我们感受到的是热烈、活泼的人生，是扑面而来的性情”，是“人的心灵印记，是热爱生命、拥抱生活之忧患岁月的忠实显影，是呼之欲出、鲜明活跳”的“人的文学”。稍待一些时日，容我从容细读，当再向先生报告心得体会也。

看到您书中的照片，我又忆起上个月在都江堰文友相聚的情景。满眼的青山碧水，翠瓦朱楼，二王庙殿宇巍峨，桐花巷蜿蜒如画，“当时只道是平常”；而今而后，恐怕再也无缘重见了！言念及此，心中实在不是滋味。

首次通信，未知能否得入先生法眼，如幸而收览，尚望回柬相告，以慰悬想。

王充闾

2008年5月28日

① 陈义之，台湾著名作家。

致李东红

东红：

你好！

诚如你信中所说，奥运会的开幕式确实精彩。由于有早睡的习惯，平时我基本上不看体育比赛；即便是春节晚会，由于时间太长，我也是看一会儿就走人。这次奥运开幕式是个例外，一直强烈地吸引着我。觉得惊异，觉得震撼。这是中华民族的百年期盼，牵系着十三亿中华儿女的心。可以说，文明传统几千年，近代历史几百年，新中国建设几十年，特别是改革开放三十年的一切憧憬与梦想，都凝结于此，聚焦于此。

我以为，这个开幕式有三个鲜明的特点：

一是奇特性。其实也可以说是唯一性、不可重复性。它的创意实在是出人意表，出神入化，出乎想象与经验之外。十个子项，哪一个都是十分富有诗意与想象力的。就说“李宁空中行走”吧，把从天上取来的圣火还给天上，真是妙不可言。这些项目，不要说制作，就是设想，也很不容易想得出来。

二是群众性。重在万众参与，这也体现在项目上。就说那个缶阵吧，本来乐器林林总总，不知有多少。《三字经》上说：“匏土革，木石金，丝与竹，乃八音。”缶是属于“土”的乐器。按说，堂皇典雅的编钟，可能是更具影响力、名气更大的。那么，为什么独独选择缶呢？我想，可能是较之那些高踞于庙堂之上的皇家、贵族的乐器，缶更具群众性、民间性，更易为广大民众所接受、所认同吧。当然，也更能充分体现奥运的“重在参与”的主旨。

三是普世性。普天同庆，既是中国的，又是世界的。由于它的形象化、具象化，不受语言、文字限制，世界各地民众都能欣赏，也愿意观看，丝毫没有感到文化理解上的障碍。这实在是很不容易的。

王充闾

2008 年 8 月 8 日

致孙昌武

孙先生：

您好！

大著《杂譬喻经译注》和《文坛佛影》都收到了。在铭感隆情盛意的同时，也为您在佛学研究方面所取得的卓越成就，感到钦慕与兴奋。

我于佛教经典，可说是知之甚少，但捧起这部《譬喻经》的译注本来，还是蛮有兴致，贪婪地一篇篇地读下去，觉得颇饶意味。《佛影》也是我特别感兴趣的著作，因为它不仅有启迪心智、扩展视野的功效，单从文学创作来说，也使得我从中获得丰富的滋养与沾溉。特别是，想到古今那些大师级的人物，像王维、苏轼、鲁迅、李叔同等，无一不是得益于此；更觉得作为一个从事汉学研究与写作的人，应该在这方面多下些功夫，哪怕只是做点启蒙性的研究，也是十分必要的。

充闾

2008年9月25日

致戴铮

戴铮先生：

您好！《历史上的三种人》校样看过，认为很好。重点对经过电脑校验的一些字作了反复推敲。很感谢校对员的细致，确实挑出许多错字，应予改正；有的出于表述上的习惯，没有差错，属于可改可不改之列，我基本上也都遵从他们的意见；但也有一些字，没有接受校验意见，这有几种情况：

一、属于引用旧籍原文，古人就是那样用法，不宜改动，如“博浪椎”的“椎”字；还有的是原来题目，如韩愈所作《滕王阁记》，与王勃的《滕王阁序》不是一码事。

二、属于成语或文言词语，并没有错，如“逸趣横生”、“肆应”、“漫声”、“愧赧”等。

三、有的改了意义就相反了，如“悟解”不能改为“误解”。

四、有的为了平仄声的要求，有意把词语颠倒了一下，如“全身远祸，养晦韬光”，也是不改为好。

还有两点小意见，一是每篇文章前面的“提要”，字体不太好看，可否换一下？比如换作仿宋或者楷体。二是《政要》部分开篇的图片，好像是孙中山先生，可否换作其他人？比如曾国藩，或某一普通的官僚形象。

本书没加序言，我看可以；确实也没有更多的话要说。

即颂

编安

王充闾

2008年12月21日

致杨杰

接厦门大学与中国德国文学研究会邀请函。敬复如下。

杨杰先生：

您好！谬承关注，感与愧并。我是从事文学创作的，对于学术研究虽有兴趣，但缺乏功力，花费的精力也不多。不过，对于歌德还是有特殊的爱好的，多年来，读过他的许多作品和几部传略，还有学术界有关他的评论文章。2006 年，因为一部英文版散文集在海外出版，参加法兰克福国际书展，往日的“歌德情结”又复悄然作祟，遂于会后造访了他的故居，还在魏玛住了一个星期，算是较为系统地接触了歌德（也包括席勒）这位仰止已久的大师。回来后，写了两篇篇幅较大的散文，其中的《断念》发表在《人民文学》杂志上。只此而已。

接到邀请函后，也曾动念前往，觉得这是一个很好的学习交流机会。但今春中国作协有一个访问台湾的计划（大陆作家采访团，指定我带队），现正办理手续，大约在三四月份成行。因此，赴厦参加学术研讨一事，也就只好“断念”割舍了。后会有期，俟之来日。望今后常常联系。即颂

预祝研讨会取得圆满成功！

王充闾

2009 年 1 月 8 日

致辽宁电视台

省电视台负责同志：

征求意见的信，收悉。谢谢你们的关注。

各位知道，我离开宣传工作岗位之后，从来没有对新闻宣传置评过，所谓“不在其位，不谋其政”是也；更主要的是，我对于省内情况和上级指示要求都不清楚，唯恐出言不当，妨碍你们的正常工作。

关于承询有关电视节目的意见，说句实在话，这方面我关注得不多，特别是影视剧和讲坛节目，我没有更多的话语权，因为一是外行，二是观看得很少。但作为一个观众，一个历史文化散文作者，特别是一名省内宣传思想岗位上的“退休老兵”，对于历史题材的影视作品和学术讲座，也并非没有一点看法。现在，电视的声音压倒一切，媒介与话语权的连带关系被极度地放大。史家的发声只有通过电视媒介才能得以有效的传扬。现代传播学的规律证明，谁掌握了观众，谁就成了权威。至于你是真正的专家还是业余的“票友”，是太羹正味还是心灵鸡汤，在听众那里是很少区分的。有时，历史究竟怎样，竟被倒换为表演者或言说者要它怎样。为了好听易懂，吸引听众，就需要生动、“通俗”，这样，一贯坐冷板凳的历史的真相难免会大打折扣。

西方哲学家尼采曾在《悲剧的诞生》一书中感慨系之地说：“当批评家支配着剧场和音乐会，记者支配着学校，报刊支配着社会的时候，艺术就沦为茶余饭后的谈资，而美学批评被当作维系虚荣、涣散、自私、原本可怜而绝无创造性的社团纽带了。结果，没有一个时代，人们对艺术谈论得如此之多，而尊重得如此之少。”现在，在电视面前，报刊已退居次要地位；而同罹厄运的除了艺术还要加上那个原本不太时兴的历史。

下面接着唠历史的话题。其一，我以为，当前电视节目中，封建帝王特别是清代帝王的题材数量过大，而且颂扬失当，有的不该肯定的也大张旗鼓地宣扬；其二，与此相联系，节目中过多地张扬了“权谋文化”，直接关涉到思想导向；其三，许多影视剧，史实误置，知识混乱，编导者一味在那里随心所欲地狂吹乱侃。令人想起辛弃疾的两句词：“不恨古人吾不见，恨古人，不见吾狂耳！”有的辩解说，作为艺术作品，虚构是影视剧的本性，不能把它作为历史教科书来要求。道理上讲是这样，但要分析虚构的范围与艺术虚构的实质是什么。有的可以虚构，应该虚构，而有的则不属于虚构范畴，并非一切史实错误都能够用“虚构”这个大袍子加以掩饰的。

还有一种说法：“诌书咧戏”嘛，无妨戏说，看看热闹而已，谁会那么较真！这句话也大可斟酌。若说“关公战秦琼”，“吴氏生（张）飞”，人们都知道是笑话，倒也无妨；怕的是真假难辨，以假乱真。这里有个思想倾向的误导和历史知识的错误传播的严重后果问题。生活中我们都能体会到，信息来源与信息内容，是相辅相成，互为作用的。你在获得一种信息时，总是特别重视信息的来源，因为它决定了信息的可信度。但是，随着时间的推移，人们大脑的忘却机制在起作用，信息来源决定可信度的效应会逐渐消失，天长日久，信息内容就占据了主导地位，就是说最终起作用的是信息的内容。而影视剧由于其通俗易懂，情节生动，加上接受时段的先入为主，尽管存在一些思想误导或知识误置，人们尤其是青少年会忽略了它的“戏说”性质，而把它作为正确的东西接受下来。现代科学对此已从理论上作了验证，西方传播学家称之为“休眠效果”。

所论未必得当，只供参考。

王充闾

2009 年 2 月 13 日

致张爱民

爱民先生：

您好！

《张学良人格图谱》校样，已经浏览一过，因为时间所限，我就不准备全部再看一遍了，只是就您信中提及的两个问题和校对员提出的疑问，认真加以考量。两个问题都提得好，“本土”字样就按照您的意见办；中央关于接待张学良的问题，有的公开出版的传记讲了，吕正操将军文章中也提到了，但细节没有详细交代，为慎重起见，我将它作了处理，这样就不会有问题了。

校对员很负责任，许多地方都改得很好，谨致谢意。其中有的涉及引用的是原文，外面有引号，如张学良书信等，只要引证确凿，我以为保持原态为好。有的逗号，校对改为顿号，多数我都认可了，但有的出于读时的“顿挫”考虑，还是保持原样。

个别文字，经过反复推敲，我作了一点改动，望予照改。

下面有几个小问题，提出来商量：

一、原说《张学良:人格图谱》中间的冒号去掉，不知为何未去？如认为放上也无妨，我也没有异议。

二、整部书字号略嫌小些（尤其是用楷体排的字，就觉得更小了）。不知有没有可能略加调节？本书由于内容与写法（含有文言句式，以及诗词、引语）的特征，估计读者层中会有大量上了年纪的人，如果字号太小，他们会望而却步的。

三、诗的排法已经明确；词的排法，可否两端多缩进几个字，以便与楷体文章区分开？

四、目录，题目下面附几行提要式的文字，非常别致。

即颂

编安

王充闾

2009 年 4 月 2 日

致谢友顺[1]

友顺先生：

您好！十年前，您曾著文评论我的散文集《沧桑无语》，指出，“王充闾在与历史文化名人对话中，除了鉴赏其人格魅力之外，还极力把读者引到诗性与审美的道路上来，希望以此来显现生命的价值与意义”，“看得出作者对生命的奔放和飞扬状态是心向往之的”。“文学是人学”，散文理应重视生命价值与生命状态。这些教示，对于我日后的散文写作起到直接的指导作用。对此，我一直怀着感念的心情。每当写出新的作品，总想着请您指教。现寄呈这本《张学良人格图谱》，尚望阅后有以教我。

您的文章，只要我能看到的，都会认真地展读。知道您在中山大学任教，因而对于这所大学也特别地关注了，尽管我至今还未曾踏上过这片无比向往的圣地。

一个偶然机会，发现您出生在福建长汀。而我，对于长汀一向怀有特殊的好感。十年间，先后去过两次。随信，送上一篇写在那里的散文:《守护着灵魂上路》，算是寄寓一份对于逝者——瞿秋白、对于这片热土驱之不去的孺慕之情吧。

即颂

教安

王充闾

2009 年 5 月 3 日

① 谢有顺，著名文学评论家，中山大学中文系教授、博士生导师。

致吕中山

中山先生：

您好！

获赠大作《与名人握手》，深感欣幸。我因前段一直在外面，先是率大陆作家代表团访问台湾（尊著中的女作家张雅文同行），尔后又应邀在北大、湖州师大讲学，并且到皖南采风多日，前天刚刚回沈。致稽作复，望能见谅！

书到手后，我即认真展读，深为洋溢其间的灼灼真情所感动。有的前辈作家，我也曾幸瞻风采，但岁月其徂，哲人已萎，为之浩叹。

您的文笔也十分讲究，亲切、朴质，要言不烦，深得此类文学神髓，宜其得以一版再版也。

即颂文安，并祝

笔健身健！

王充闾

2009年5月12日

致高海涛

顷接高海涛先生信，对我为他书写朱熹诗句条幅表示感谢。并且说道："如果您有什么写作计划，我可帮助查查中外文资料、观点、线索，以稍尽绵薄。自信这方面储备尚可，能够做得较好。"

当即回函。

海涛先生：

您好！您是我非常看重的一位学者，我经常以您的高才硕学未能展现于什一，而引为憾事。我兼任作协主席多年，对此主动过问不够，属于客观因素；而您一本圣人"述而不作"之宗旨，在著述方面十分慎重。

谢谢您对我的期许和关切。您能帮助我的，何止是提供一些资料，单就西方文史哲方面的辅导，就会令我受用不尽。我有这个想法，愿意抽出时间，"移樽就教"，以启愚顽。说到题字，尤其令我汗颜。我的字实在拿不出手，待端午过后，我要重新把笔，再作"冯妇"，庶几不负所望也。

即颂

学安

充闾

2009 年 5 月 27 日

致张大威

辽宁日报高级编辑、散文作家张大威同志来信，内云：

“我一直在想一个问题，您应该物色一位笔力雄沉的作家给您写一本真正的评传或传记。评传或传记都不要太长，都不要评论腔，学院腔，评传或传记本身形成一种独立的艺术形式，与您的文章恰成双璧，目前的评论还达不到这一点。好的评传或传记，对于您的文章永久的流传，将会是另一只翅膀，比如里尔克之于罗丹，比如罗曼·罗兰的《巨人传》。目前的评论文章当然也是必要、重要的，但‘众鸡’群舞，不如‘一鹤’翩然。我没有一点看轻评论家们的意思，请原谅我的口无遮拦吧！”

复函如下。

大威同志：

作为文学知己，你说得真好，可谓实获我心。然而，这样的人又上哪里去找呢？我确实觉得，作品中许多东西并未被人所理解，所击中，亦即恰中肯綮。如果说，评论也是把脉、按穴，那自身上的脉搏与穴位，人家又不是“你肚子里的蛔虫”，也确实难以找准。这样一来，尽管整天生活在关爱与尊崇（都是出于至诚）的簇拥里，但仍然时时有“提刀却立，四顾苍茫”的孤独感。

王充闾

2009年6月2日

致王丽文

丽文同志：

您好！

来信阅悉。几篇文稿也看过了，很好。

创作水平的提高，是个日积月累的渐进过程，它一靠领悟、体验，二靠多读多练，三靠扩展胸襟、眼界。比较有效的途径，依我体会，还是精读高级的范文；而且，读的东西不在多，而在精。因为领悟与体验都出于揣摩练达，心领神会。开阔眼界，同样有赖于多读；当然，增广阅历，也是十分必要的。

针对你目前的情况——文学基础很好，语藏丰富，文气畅达，思路清晰，但逻辑思维、思辨能力尚有待于训练、加强，我精选了鲁迅先生的四篇文章，可以仔细阅读。它们都是我在创作过程中从中受益最多的范文，四十年来，反复展读，有些段落甚至能够背诵下来。一篇在手，可以终生受益。

王充闾

2009年7月6日

致祝新刚

新刚先生：

您好！

得悉《张学良人格图谱》即将开印，甚为欣慰。

此书是我近年来耗费心血甚多，自认具备相当认知水准的一部作品。它的送交上级有关部门审定，我完全理解，因为里面不仅涉及几位重要的当事人，而且，确实提出了大量新的独到的见解，对于张氏各种受世人关注的思想、行为，都作出了比较有说服力的分析判断。至于文笔，因为在贵社出过多部作品，大约是已有定评了。由于许多篇章都曾在报刊上发表过，引起了广泛注意，且颇受好评，因而首都、广州、辽宁的几家出版社，都曾要过这部书稿，并分别答应印数在一万二到一万五以上。而我考虑到贵社在出版界的美誉，再加上我们过去有过多次愉快的合作，所以放弃了其他，主动与贵社爱民先生联系。尽管觉得八千册少了一些，但还是认定了这一选择；没想到前段因为多方审稿，以致一延再延。好在事情已经过去，就作为一段记忆“中心藏之”吧。

王充闾

2009 年 7 月 8 日

致傅德岷[1]

德岷先生：

您好！

感谢您多年来对我的栽培与关注。现又出了一本新书：《张学良人格图谱》，因为结记着您和赖云琪先生的德泽，想方设法给二位邮寄。但是，过去与您交往，都是经由赖先生联系，而现在，赖先生已经从重庆出版社退休，单位找不到人；这样，就想到直接与您联系了。苦于一时找不到电话与地址，只好网上查询。这就是包裹封面上所写的，但又不晓得能否寄呈到先生手里。心中惴惴然，抱着试试看的态度。如果幸而收览，还望及时见告，以慰悬想。

此书，我自认还是具有鲜明特点的，在我自己看来，觉得它是近年来一部有代表性的作品。还望先生阅后有以教我。

云琪先生那一本，只好麻烦您代为转递了。实在不好意思，先致谢意。

对您在学术、创作方面所取得的辉煌成果，为祝为颂。

祝身健笔健，即颂

文安

王充闾

2009年8月22日

① 傅德岷，重庆工商大学文学院教授。

致杨光祖[1]

光祖先生：

您好！因为参加省作协采风活动，我刚刚从下面的一个市回来，看到两份邮件，迟复为歉。

您的文章明快、犀利、深刻，又能迭出新意，我确是非常喜欢。有关张爱玲的那篇，写得多么好啊！我也认为适合在《万象》上刊发。

承询这本杂志的情况，其实，我了解得也不太多，新中国成立前，它的主笔听说是柯灵先生。因此，当辽宁教育出版社要恢复这一刊物时，就想到请柯先生做顾问。柯先生慨然应允了，还顺便说了一句："其实，你们辽宁也有合适的人选。"因为他看过我写的散文，所以，就推荐我到顾问行列中去充数。我就是这么当上顾问的。一般的人都以为，由于这个刊物办在辽宁，所以拉我出山，这是一个误解。实际上，《万象》从复刊之日起，一天也未曾在辽宁办过。由于刊号在辽宁教育出版社，所以主编就由当时的社长、青年学者俞晓群担任，付印前由俞先生过目、审读，而真正的编辑室先是设在上海；大约在两年前又转到了北京。大作我可以代转一下。

最近，新出一本散文集《张学良人格图谱》，明日就寄呈给您，还望多予指导。

王充闾

2009 年 8 月 25 日

---

① 杨光祖，评论家、作家、学者，现任中共甘肃省委党校文史部教授、文化学教研室主任。

致杜渐坤

渐坤先生：

您好！

春初一别，倏忽秋至。南天遥望，时切遐思。多年来，承蒙先生关注，感怀不尽。

关于封建专制下皇位继统问题，过去我写过一篇文章，现在看来，只是提出了问题，但缺乏深入分析，分量不够。近日在原有基础上，调整了文章结构，增加了三分之一的篇幅，重点论述越是英明君主（特别是开国皇帝）越会在选拔接班人方面出现麻烦的问题，对其他部分也进行了比较深入的剖析，自认还是有些创见与新意的。

作为出色的编辑家和作家，您素以目光锐敏、思想深刻为学界所重。现送上，请予指教。看看这些问题剖析得是否有当。如果认可，而且方便的话，尚望转给《随笔》杂志。您从主编位置上退下以后，我与《随笔》已经失去了联系，也再没有了熟人，不晓得对题材、写法有些什么规定、要求。给您添了麻烦，叨在知交挚友，敬请见谅。

即颂

身笔双健！

王充闾

2009 年 9 月 1 日

致孙昌武

孙先生：

您好！

18日去北京参加一个笔会，昨晚回来才看到邮件，迟复为歉。

会议期间，我去了京西阳台山东麓的大觉寺。这是中国北方一座著名的禅宗寺院，康熙年间曾为临济宗的祖庭。始建于辽代，时称清水院，为金代西山“八大水院”之一，据说教理上属于佛教密宗。寺内藏有大量的佛教经典，还有五百多块经板，不过没有见到。当然，即便见到了也弄不懂。如果有您在场就好了，可以获得直接的开导。

千年来，许多帝王和文人都曾驻足其间，并有诗文咏赞，像纳兰性德、王昶、顾太清、许地山、陈寅恪、朱自清、傅增湘、胡适、溥心畬、俞平伯等，都留下了诗文作品；郭沫若故居的那棵大银杏树，就是他从大觉寺移去的树苗长成的。冰心与吴文藻在这里度过了甜蜜的新婚之夜。

他们之所以钟情于此的原因，肯定是各有怀抱、各有追求；而我所醉心欣赏、情怀惓惓的，是这里远离市井尘嚣、清幽阒静的环境。“轮蹄不到嚣尘远，一枕烟波梦也清。”唐·王勃《上明员外启》中，有“一丘一壑，同阮籍于西山；一啸一歌，列嵇康于北面”之句。那种潇洒出尘的魏晋风韵，那种山水情怀、士人风骨，那种隐藏于历史“褶皱”深处的游世高标、雅人风致，至今犹令人向往。

再者，您的大作中谈及十六国的佛教传播，其中的“三燕”（前燕、后燕、北燕）都曾在辽宁的朝阳建立都城，那个“龙腾苑”的遗址，至今尚有遗迹可寻。

从信中得知，您在 11 月份，要到台北去讲学，届时我也可能恰巧在台湾，中国作协组织大陆作家代表团前往访问，指定我带队，说是争取 11 月份成行。果能落实，或可在那里相见。

我的一切尚堪告慰，谢谢您的关切。欢迎您回辽宁看看。

即颂

秋安

充闾

2009 年 9 月 22 日

致王为松[1]

为松先生：

您好！

惠赠的贵社出版的几部学术著作，还有毛尖女士精美的散文集《乱来》，都已收读，深为感谢。因为当时急于外出，未及即时作复，尚祈鉴谅。

毛尖的文章，一如其人，潇洒，漂亮、俏皮，多姿多彩，令人忍俊不禁。您看这一段：

> 根据我的研究，就是这些茶毒鬼子的“俺、俺们、本人、敝人、不肖、不才、老子、某、仆、乃公、人家、我等、我、我们、我辈、我曹、吾、吾们、吾侪、小生、小子、小可、小的、晚生、余、予、在下、洒家、咱、咱们、朕、寡人、孤、奴才”等“我”与“我们”的同义词，挽救了我们不少国人的生命。
>
> 此话怎讲呢？根据得克萨斯大学心理学教授詹姆斯·彭尼贝克的研究，我们使用的字词，总能透露我们的身份、我们的思想，以及我们的宿命。彭教授大量地比较了自杀的诗人和不曾自杀的诗人，发现前者明显地倾向于使用I和MY，而后者更经常地使用复数代词。按照彭教授的思路，

① 王为松，上海人民出版社社长。

或者我们可以假设，“我”用得多了，就会产生一种自杀倾向。所以，感谢中文，有多少复数代词用来指称单数“我”啊！比如我的朋友朱教授，说到自己夫人，总是很谦虚地说：我们老婆。

真是天下妙文。

前此，在大连有个研讨会，由中国人民大学当代文艺思潮研究中心和《当代作家评论》杂志社共同主办，与会者为京、津、沪、闽一些高校的教授与文学评论家，主题是关于散文创作研究，其中专门安排一段时间讨论了我的那本《张学良人格图谱》，热情的褒扬，中肯的批评，使我深获教益。

国庆假日期间，二位贤伉俪都没有外出吧？我今天午后从营口回到了沈阳，稍做一些准备，就要于11日到庐山去参加一个国际笔会，除部分大陆作家外，还有台、港、澳地区和外国华裔作家多人。大约十天后返回。

再致谢忱，并颂

秋安

王充闾

2009年10月6日

致孙昌武

孙先生：

您好！南开一别，倏忽间，四个多月飞逝而过，真是快得惊人。就这么日往月来，“鸡飞兔走”，人怎能不老呢！

前段去了一次“大跃进”时期下放过的盘山农村，真像唐人窦叔向的诗中所写的：“去日儿童皆长大，昔年亲友半凋零。”当时，我借住的房东老夫妇，幸喜都还健在。说起那时生活困难，冬天的饭菜没有一滴油水，于是把一条老狗杀吃了，剩余的一条狗大腿，舍不得吃，挂在我的屋里房梁下。房东女儿小云，时年六岁，隔两天就到我的屋里问：“叔啊，你这腿啥时候吃啊？”我和房东大哥、大嫂听了，都笑得前仰后合。五十年后，我们提起来还大笑不止。正好这时，小云骑着自行车进了院。原来，她在乡邮电所工作，听说我到了，特意回来看望。哎呀，形容已经变得完全认不出来，只是语音依旧。她告诉我，已经当了五年奶奶了。“流光容易把人抛”，最可怕的原来是时间！

又看了村里的自然景观，那就更如苏东坡所云：“曾岁月之几何，而江山不可复识矣！”《简·爱》中的女主人公重回故地桑菲尔德府，目睹物是人非的惨景，曾经喟然慨叹：一切没有生命的依然存在，而一切有生命的已经变得面目全非了。尽管这话十分警辟，但却并不准确，没有生命的同样也在变化。所以，如果能够抽出时间，到旧日熟悉的地方走一走，也是一种感情上的补偿。期待着您能多回营口，旧地重游也。

充闾

2009 年 11 月 2 日

致朱自奋

自奋女士：

您好！

贵报以整版篇幅刊载《张学良晚岁情缘》，作为作者，我深受感动，也深为鼓舞。

近日连续接到三位外地文友的电话，对此有颇好的反映。他们也同时谈到《文汇读书周报》有看点，有深度追求。确实如此。我已连续订阅五年了。几乎篇篇都看，受益良多。

前天，在省内文学界一次会议上，我还向一些作家、学者作了推荐。我从提兜里随手拿出6日这期，给他们读您编的《书人茶话》中桑塔格的有关论点。大家对桑氏提到的每一时代都存在着具典范性的文体，反响甚为强烈。一位女硕士说，这是不刊之论，验之中国尤其准确：李白、杜甫的时代是诗，苏东坡、辛弃疾、李清照时代是词，关汉卿、王实甫时代是曲。桑塔格说得恰中肯綮。还有《新学术》一栏，汪涌豪教授关于人民性、人性论的阐发，极富启迪、开创价值。

会议的后半场，基本上是议论这份报纸。听了大家的衷心赞赏，我甚感欣慰。

祝您和《文汇读书周报》不断跃升新的台阶。

王充闾

2009年11月16日

致刘俐俐[①]

刘教授：

您好！

大函奉悉，无任欣慰。

评论拙作的论文《大历史观与历史文化散文的价值》，拜读一过，觉得非常精彩。感谢您的青睐与期许；容有未逮者，我当奉为今后创作的目标，努力地加以践行。

您所面对的是抽象的学术领域，可说是充满了术语、定义、流派、新词，而您能够以开阔的学术视野、精到的分析、睿智的谈吐出之，不仅创见多多，意蕴深邃，而且格调清新，运笔活泼，富有情趣，至为难能可贵。

法国叙事学家热拉尔·热奈特原是以普鲁斯特《追忆似水年华》为特定研究对象，进行叙事研究，最终却生成一门新的理论，即叙事学。您对此既有深湛的研究，又能娴熟地应用。为了论证文本中叙述的重要性，您引用卢卡奇的论述，说明现代的伟大叙事作品正通过所有事件在过去的前后一致的变化，把戏剧性的因素引入了小说的形式。只有叙述，事物才能获得诗意的表现。当然，叙述需要世界观，“没有世界观，就决不可能正确地叙述，绝不可能创作任何正确的、层次匀称的、变化多端的完善的叙事作品”。

您在论文中指出：“叙述历史不是有什么写什么，写哪些历史本

① 刘俐俐，著名学者、文学评论家，南开大学中文系教授、博士生导师。

身就是选择和确认的结果。表现在历史散文文本中，就呈现为结构方式。我们正是从这个结构形式中，看出了充闾先生所依据的价值观和感情倾向。”窃以为，这是非常警辟的分析；而且是发他人之所未发。

遵嘱，已经同《当代作家评论》主编林建法先生联系过了，他熟知您的学术成就，对文章深表欢迎。

我是昨天从北京回来的。这次应北方工业大学邀请前往讲课，内容主要是讲张学良。作为人文素质课内容，引导大学生把他作为一个人性标本、人格图谱和上世纪社会、政治方面一个线索人物，进行全面剖析。同时，还应北工大文法学院的要求，与教授、讲师们会面，围绕着当前文学创作（包括个人创作体会）这一话题，谈了些个人见解，也谈到了您的评论。他们多是北大、清华博士，有几位都知道您，深表赞许。

再申谢忱，敬颂

教安

王充闾

2009年11月24日

致高洪涛

营口市委宣传部来函，邀请我为市里在产业基地所立的纪念碑题写碑文。营口市为我旧游之地，在那里工作二十五年，至今仍怀有深厚感情，遂复函宣传部负责同志。

洪涛同志：

提供的基础资料很好，我作了改写、充实。共分三段，每段大体在一百七十字上下，还可以根据情况作适度增删。因为是竖排，数字应该用汉字，标点特别是“引号”，应尽量减少。

有几个地方，说明一下：

营口地区的开发，不只限于汉、辽、金几代王朝。唐王征东、明清战事（清之西炮台，盖州上帝庙为明洪武年建），此间均有遗迹。

讲营口历史，辽河不可不提，但找不出与之相对应的山，临时想了个赤山，它是较有名气的。

“市委、市政府”字样可以不出现。实际上，尽人皆知，讲的功绩都是党和政府领导的。而且，由于没明确说党委、政府，就可以更加突出一下近年的工作。事实上，营口市的变化也主要是在新世纪，是现在。此项作为重点，你和同志们再斟酌一下——看怎么讲更合适。

有什么事需要商量，可以直接给我发邮件。

王充闾

2009年11月30日

碑　文：

远古的追忆

营口是人类的发祥地之一。早在二十八万年前，金牛山人就掀开了人类栖居东北亚乐园的帷幕。在远古文明曙光照临下，赤山辽水之间，先人胼手胝足，筚路蓝缕。由汉唐而辽金而明清，政权代相更迭，民族融合，文化交流，生齿日繁，社会发展。公元一八六一年，营口作为祖国东北第一个对外通商口岸，市廛繁华，人烟辐辏，港口帆樯林立，商贾云集；彼时，英法美德日俄等十一个国家设立领事馆，有“关外小上海”之称。

当代的寻梦

新中国成立后，营口迅速成为重要轻纺工业基地和商业口岸；改革开放三十年来，特别是进入新世纪，准确把握战略机遇期，成功实现了由轻纺工业城市向冶金、石化、装备制造、纺织加工、新型建材和镁质材料生产基地的转化。辽宁“五点一线”发展战略提出后，营口沿海产业基地应运而生，成为以港兴市、工业强市的重要平台和战略转型的有效载体。转身向海，将营口带进了从辽河文明向海洋文明过渡的新时代。

未来的畅想

作为东北海上门户、中国镁都和“三水”之乡，营口地理条件优越，基础雄厚，后劲十足，发展势头强盛。营口人向世人庄严宣告：用十至二十年时间建设中国沿海经济强市，在沈阳大连之间，奋力打造出一个国内生产总值超四千亿、人口达二百万的大都市；依托海岸线建设百里沿海产业带、百里滨海生态城、百里近海景观带。未来营口将成为一个服务东北、面向世界、适合人居、有利创业、自然优美、人文和谐的新都市。营口的明天更美好！

致张铁

张铁博士：

您好！

此行十分顺利、愉快，感谢您热情而周到的指导与接待。

大札奉到，照片也全部披览。它们又把我带回到我们游观清华园与圆明园时的情景，在感到无限温馨的同时，也平添了悠悠的畅想，无尽的怀念。我当永远记怀在北工大讲学的难忘日子，更忘不了您这位雄姿英发、才气纵横的忘年之友。但愿以后有机会作更多的交流。

计划中的关于生活美学的研究著作，已经着手撰写了吧？这是一个非常有趣味而且有价值的课题。我手头有一套多卷本的《欧洲风化史》和《古希腊风化史》，为西方文化史名著。虽然作者所论述的并未全面涉及社会日常生活与观念生活，但其视野十分开阔，资料相当丰厚，写法也活泼有趣，估计能够对您有一定的参考价值。昨日已用挂号邮件寄出，不日即可送达。史仲文先生的著作，深刻而又畅达，我正在认真拜读，请代致问候。

祝您取得更多更大的成功！

王充闾

2009年12月4日

致朱自奋

自奋女士：

您好！

感谢您一贯的热情鼓励与殷殷垂注。

接到邮件后，我即考虑对《事是风云人是月》这篇文章进行压缩。但弄来弄去，字数虽然大体上符合要求，可是，这么一抽筋剥骨，实在大伤元气，许多内容都删削掉了。因为原稿大约六千字，寄发前，我已经做了一番压缩，弄成现在这个样子，若是再删掉一千五百字，就觉得问题讲不透也说不清了。这里绝没有稿子写成就不能删改的意思，过去我也有过不只一次遵嘱压缩的先例。这篇文字多少有点特殊情况：这是我近年研读历史的一篇心得，自认还是有些新意，发出去可望获得一些识者的首肯。可是，若只以两千字发出，由于简略，许多内容没有容纳进去，觉得未免有些可惜。因为贵报在国内影响颇大，在这里发过以后，就算“定了终身”——再不能往别处投寄了。料想聪慧如您，会理解与体谅我的这种矛盾心理的。为了不致使您为难，我想还是把它抽回，再找他处发出；我重新构思其他内容，成型后再及时奉上，以弥补这次的缺憾。

王充闾

2009 年 12 月 27 日

致康启昌

康大姐：

您好！

久未晤谈，不知近期身体状况如何，甚为挂念。

我一直对您辞去省散文学会会长一事，耿耿于怀。您的抽身而退，确实影响了省内散文事业的开展。借用两句不很恰当的古语来比况："将军一去，大树飘零；壮士不还，寒风萧瑟。"后来有文友解释，纯粹由于身体原因，这就没有办法了，应予理解，应予鉴谅。

近日，又听到马成泰先生病逝的噩耗，心中有戚戚然。他是一个才子，诗文俱佳；而且热心于散文事业，多有贡献。他的猝亡，令人伤感。往事依稀，已成昔梦，言之凄然。

冬寒尚厉，望善自珍摄。

即颂

年祺

王充闾

2010 年 1 月 19 日

致张庆善[①]

庆善先生：

您好！

辽海一别，匆匆数阅月矣，南天瞩望，时切怀思。感念先生的关注与期许，深致谢意。

所寄《红楼梦学刊》，逐期均认真拜读，受益良多。日昨，看到蔡义江先生的重头文章《〈红楼梦〉挂历名家题诗十二首浅说》，受教同时，也提出一点不成熟看法。敬呈庆善先生一阅，愿有以教我。

回忆十多年前，在蔡先生任民革中央宣传部长时，我们曾有一面之雅，留下了很好印象。他是知名学者，人品、学问均称上好，为我素所钦仰。对前段网上一些人的指责以至鼓噪，我是大不以为然的。此信也可请他先看一看，望予赐教。

如果您认为有必要在《学刊》上予以刊布，亦我所愿。这样，一则可以接受红学界方家指教，听听大家的意见；二则有助于活跃学术气氛，引起读者的兴趣。

王充闾

2010年2月5日

① 张庆善，著名红学家，中国红楼梦学会会长、《红楼梦学刊》主编。

附：

“唇气”还是“蜃气”？

《〈红楼梦〉挂历名家题诗十二首浅说》刊载于今年第一期《红楼梦学刊》。作者为我素所敬重的著名学者、红学家蔡义江先生。文中对于茅盾、张伯驹等五位名家的十二首题诗，先生一一作了详尽的讲解，里面有许多独到的见解，可说是“发未发之覆”，读后深获教益。只是有一处，我略有不同看法，愿意提出来就正于义江先生。

张伯驹所作《十月·描图》：“描来画笔大观园，楼阁参差抵外藩。幻影艳情吹唇气，门前狮子亦无言。”蔡先生对“吹唇气”的解释是：“形容女儿们戏谑谐谈就像芳唇之中吹出兰气来那样令人愉悦。”并举出“母蝗虫”、“要铁锅来好炒颜色吃”、写上了“嫁妆单子”以及回目《潇湘子雅谑补余香》等实例作为证据。论证不可谓不充分，但我却大胆怀疑“唇气”实为“蜃气”之误。

蜃气原是一种大气光学现象。光线经过不同密度的空气层后发生折射，使远处景物显现在地面上或半空中，成为“海市蜃楼”幻影。古人不明这一科学道理，误认是蜃吐气所形成的景象。《史记·天官书》有“海旁蜃气象楼台”之句；《本草纲目·蜃》条目中，亦有“能吁气成楼台城郭之状”的记述。我认为，联系全诗意蕴和“画笔描来”、“楼阁参差”字样，应以“幻影艳情吹蜃气”为是。意为女儿们戏谑谐谈（“艳情”）吹出“蜃气”，使大观园的“幻影”像海市蜃楼般显现。

历代诗人咏“蜃气”者，不胜枚举。早于这次题诗，张伯驹1978年登蓬莱阁，曾填《风入松》词纪盛：“齐烟九点望胶东，霞日海腾红。仰观俯视神游遍，上鸢云，下到龙宫。一粟浮沉身世，千年梦逐坡翁。波澜壮阔卷长风，银浪叠重重。遥天万里消阴曀，问蜃光，吹气何从？却笑人间名利，无非楼阁空中。”里面也谈到“蜃光吹气”、“楼阁空中”。而“唇气”一词，就我闻见所及，大概从未入于诗词。

只在古相书中，有“唇气青黑，亦主孤贫”之说。

再者，“唇”字在诗韵中属十一真，为平声字，放在这里也于音律不协；如是“蜃”字，属上声十一轸，为仄声，则协律了。丛碧先生为诗词大家，诗才极高，九岁即能诗，有“神童”之誉。其诗词作品，格律极严，化典圆熟，臻于至境；尤以词之成就为最高，因而学界有人评说：“如以词人之词而论，则中国词史当以李后主为首，而以先生为殿——在他之后，恐怕不易再产生这种真正的词人之词了。”因此，我不大相信，张先生会以仄代平，故作拗句；尤其是不大可能塞进“唇气”这类的词句。若是先生真的想用这个词，完全可以将第三句调为“唇气艳情成幻影”以达到协韵要求。

诚如义江先生所说，唐人绝句中一、二句破格成拗的例子很多。但自从南宋刘渊“平水韵”施行后，直至清末民初，此类情况则极为罕见。即以《红楼梦》一书中三十三首七绝而论，出自黛玉、宝琴等高手的自不必说，即便是连贾母都看不上眼的贾环的七绝，也还是合乎格律的。

之所以会出现上述误植，我猜想，可能出于如下三种情况：一是因为丛碧先生的字为“鸟羽体”，当年印制挂历时，编辑没有辨识清楚，误“蜃”为“唇”了；二为提供资料者笔误，如果是手抄的话；三是丛碧先生笔误，但这种可能性极小。

这纯粹是局外人的凭空悬想。义江先生为诗词名家，且当年曾亲自参与其事，现将一己之见托出，提供研究参考；同时也愿听听诗词界与红学界方家的指教。

致郭保林

保林先生：

您好！

大札奉到，欣悉先生作品研讨会即将在济南召开，为祝为颂。我现正在浙江采风，要待五天以后才能结束。盛会不能到场，深以为憾。

您的散文作品，有着充沛的激情，作为一种心声倾诉、精神写意和心灵升华，既拥抱时代、关注人生，又能通过外界信息的整合、同化于内心，进行审美创造，发挥心灵烛照、精神滋养的作用；特别是历史文化散文，能够把哲思、史观和诗性有机地结合起来，富有思想与文化蕴涵，普遍获得好评。

恭祝会议获得圆满成功！

王充闾于湖州

2010 年 4 月 2 日

致黎枚

接学者黎枚信，谈到当前中国文学的现状感到有些迷茫——没有公认的好书，没有共同的审美取向，一些80后、90后的青年缺乏正常的精神滋养，情况堪资忧虑。

复函如下。

黎枚：

您好！

信中所论也正是我想要说的。看来这是整个时代的问题。欧美与中国香港早已经历到了，中国内地的文学正在进入市场化、平民化、快餐化、娱乐化，不是喜欢不喜欢的问题，而是一种发展趋势，并且不可能逆转。精神资源和思想穿透力贫乏，对人性关注的漠视与淡化，生活占有与创作之间的失调。文学关于人生的表述越来越苍白无力，灰蒙蒙、软绵绵的；有的走上另一个极端，在那里张扬钱色交易、黑幕、隐私、权谋。

您对于散文有专门研究，可能更会有感于当前散文队伍的泛化，只要语句粗通，错别字尚不影响对句意的理解，不管内容高尚还是卑微，审美趣味高雅还是低俗，文辞简约还是啰唆，就都可以被当作散文了。文学期刊纷纷转型，脱离纯正的文学趣味、立场和美学追求，慢慢蜕变成时尚类杂志，大量刊发闲适的、无关痛痒的文字。实用性、趣味性越来越成为当下文学阅读的出发点。文学成了商业社会普遍的消费方式中的一种。

有的评论家指出，西方的现代社会出现了精神危机，主要是表现为两种人大大增多：一种叫“空心人”，就是失去了生命的价值感和方向感，成了无根的浮萍；再一种叫“碎片人”，不仅失去了外在的完整性，和自然的关系处于割裂、对立状态，而且失去了内在的统一，被各种矛盾冲突弄得支离破碎。我们现在也面临着这种趋势。因此，现代人需要智慧的指引，生命的开悟，需要对自己生命采取一种审视的态度。文学本来应该起到指引、导向作用，可是，现在有的已经成为市场经济、商业社会的附属物，过去那种高雅、深邃、讲究品位的文学时代已经去而不返了。

与此紧密相关的是阅读问题。钱理群先生认为，影视和网络确实提供了阅读的新的可能性，扩大了人们的视野，而且其明显的愉悦性对青少年具有巨大的诱惑力，这都是应该充分肯定的，但其局限也是明显的：有可能削减，以至取消了深度阅读和个性化阅读，因此如果以影视、网络阅读代替经典文本阅读，就会有很大的问题。现在的问题是，只听宣讲《论语》而不读原著。很多讲《论语》的书，发行量很大，上百万册，我关心的是，讲解《论语》的书在发行上百万册的同时，是不是也发行了上百万册的《论语》原文？或者打一个大折扣，有十万人读《论语》，也是很大成功。

是呀，我们常说需要面对大众传播经典，但大众如果不读经典，只读别人的解释，又会有什么后果呢？

王充闾

2010 年 4 月 27 日

致彭定安

著名学者、作家彭定安先生来函，略谓：

我觉得，你在写过周恩来不忘老朋友之外，还可以写一篇他的性格图谱。他的人格魅力和人格结构，比张学良更具震撼力，更伟大也更丰富，具有更多文化内涵和中国传统文化质素。我一直觉得，他之所为，比大元帅的拍案而起，更困难，更深刻。一句“我不入地狱谁入地狱，我不下火坑谁下火坑”，含着多少悲情与坚毅。我见到有人说他晚年给张玉凤写信“低声下气”；其实，抗战期间，他在重庆给龚澎写信，都称“您”，而龚当时还是“毛孩子”，是与他隔好多层的下级。这是他那一辈人的谦逊作风。当然，写他跟党史千丝万缕相连，甚至是血肉相连，有很大难处。

回函如下。

定安先生：

您好！

我完全同意您对周总理的看法。他确实是一位流芳千古的伟大人物，凝聚着也代表了中华民族一切的优良品格。诚如《不能忘记老朋友》中所揭示的，对于这位伟人我一向是充满敬意、充满感情的。面对他，也确确实实觉得有话可说，而且肯定会比对于张学良的认识要充分、深刻得多。但写他实在是比较难的，这不仅因为高山仰止，有“夫子门墙数仞，不得其门而入”之感；再者，他的个性、性格构成，十分丰富、复杂，需要深邃的哲学、伦理学、社会学功底，否则有些话未必能讲得清楚；加之，有些人看法偏颇，与我们的认识差距过大，而以我们的年龄与个性，争论起来也缺乏足够的精力。所以，尽管“有志于此久矣”，但一直未能动笔。如果天假以年，过些时候总还是要写的。

即颂

文祺

充闾

2010 年 4 月 29 日

致黎枚

黎枚：

您好！

看过了您发来的一组文章，我似有所悟，或者说得出了一个结论：社会要进步，要出人才，不仅需要有一个能够施展自我、无拘无束的宽松环境，而且，客观上还须有一定的压力，逼迫你去艰苦奋斗，勇进突围，自强不息。其实，五四之后，英才辈出，那些作手、文豪、健将、大师（鲁迅先生是其中的佼佼者），不就是这么出来的吗？

记得“文革”中有两句传诵一时的俚诗：“猪圈怎驰千里马，花盆难养万年松。”人才总是在风浪的冲激下、雷鸣电闪的轰击中长成的。“忧劳可以兴国，逸豫足以亡身。”现在，人们的生活条件过于安逸，而积极进取、奋发向上的正风已被图享受、贪安逸、比阔气、讲排场的戾气所淹没，如果周围环境、舆论氛围再不能提供一定的压力和张力，这样随波逐流下去，又何谈英才之涌现！

王充闾

2010 年 5 月 3 日

答王先霈

接王先霈教授约稿函，略谓："华中师大出版社邀请省内外一些老师编一本《大学语文》，拟于今年七八月出书。此教材以通过美文给学生文化熏陶为主旨，希望摆脱通常的赏析格套。为此，其中一半篇目的导读，约请校外资深名家赐稿，俾使采用这本教材的学生得以多方受益。其中选了李白的《春夜宴桃李园序》，特请您写导读一篇，要言不烦，三百字即可。"

数日后，按照上述要求，写成导读文章如下：

李白《春夜宴桃李园序》导读

这是一篇优秀的古代抒情短文。作者是一位大诗人，他以清新隽雅的诗性语言为我们描述了他与诸弟春夜聚会于桃李芳园饮酒赋诗的情景。

文章层次分明，句无虚设。一入手，作者就纵览宇宙，俯仰古今，抒写在空间广阔无垠、时间飞速流逝的背景下，人生有限，莫失片刻良机的怀抱。接着，次第点出会芳园、赏美景、叙天伦、伸雅怀、乐觞咏的设宴本衷。在神采飞扬、兴高采烈的气氛中，作者不忘美诸弟之才，惭自家之拙，显现出古人豁达、谦抑的风致。

精读全文，仿佛走进古人诗酒风流的聚会场所，饱享高雅的精神盛宴，感受潇洒出尘的幽怀逸趣，获得一种美的享受；进而领略作者对生命、对生活、对友情、对自然的珍爱，体会其乐观开朗的生活态度；欣赏并学习那种以简驭繁、挥洒自如的高超的写作手法。

明人李贽论述艺术创造时，有“画、化”之说。画，就是要有形象；而化，则是能把客观的物象化作心灵的东西，反过来再把这种心象转化成诗性文字。原来，李白早就掌握了这套本领。

王充闾

2010 年 6 月 10 日

致李葆国

中华诗词学会李葆国先生寄来咏长白山七律，要求提出意见。回函如下。

葆国先生：

您好！

全诗意兴盎然，堪称上品。初读“苔点流光蓄岑寂”一句，觉得有些不顺，但经过拗救，亦无伤格律。此类情形于宋人诗中颇为常见。盖“岑”属十二“侵”，为平声，而当必须用在仄声处时，经过拗救，亦可成佳句，如宋·杜范“春愁风雨不禁寒，红尽枝头绿已团；谁遣佳人伴岑寂，初酣卯酒脸匀丹”，就非常好；再如宋·方回诗句“拟问邻酤破岑寂，督邮闻说酢如榴”，也很有味道。当然，大量的还是作平声用。最有名的是宋人留元刚的《武夷九曲棹歌》：“九曲遥岑更郁然，板桥渔市引长川。唤回白马宾云梦，来看桑麻万里天。”

随便议论，凑趣而已。

王充闾

2010年6月11日

致高海涛

作家、学者高海涛先生驰函，以端午“赏午”风俗见询。答复如下。

海涛先生：

承询“赏午”一词，所知不多。除了《红楼梦》第三十一回讲的：“这日正是端阳佳节，蒲艾簪门，虎符系臂。午间，王夫人治了酒席，请薛家母子等赏午”；还有一副描述节令的对联：“端午午时人赏午，立春春日客游春。”也很有意味。

看得出来，“赏午”与端午节有直接关系。从前，更多的是纪念、凭吊屈原，而从宋代开始，赏端午习俗似比较盛行。苏东坡《少年游·端午赠黄守徐君猷》词：

银塘朱槛麹尘波。圆绿卷新荷。兰条荐浴，菖花酿酒，天气尚清和。　　好将沉醉酬佳节，十分酒、一分歌。狱草烟深，讼庭人悄，无吝宴游过。

宋代词人刘克庄亦有《满江红·端午》：

梅雨初收，浑不辨、东陂南荡。清旦里、鼓铙动地，车轮空巷。画舫稍渐京辇俗，红旗会踏吴儿浪。共葬鱼娘子斩蛟翁，穷欢赏。　　麻与麦，俱成长。蕉与荔，应来享。有累臣泽畔，感时惆怅。纵使菖蒲生九节，争如白发长千丈。但浩然一笑独醒人，空悲壮。

再就是元人杂剧:《显英才丑虏走边疆》中有两段:

(外扮范仲淹领祗从人上)(范仲淹云)胸中志气凌霄汉，腹内诗书贯斗牛。老夫范仲淹是也。今为唐学士举荐延寿马，与耶律万户交战去了，有飞报前来，被延寿马大破虏寇，得胜回京，奉圣人的命，今日是五月端午蕤宾节令，御园中一来犒劳三军，二来设一太平筵会，众官庆贺蕤宾节令，都要打球射柳。安排筵会已完备了，祗从人门首觑者，众官人每来时，报复我知道。(祗从云)理会的。(吕夷简、文彦博、陈尧佐上)(吕夷简云)万卷诗书遵孔孟，一襟清气溢乾坤。小官吕夷简是也。因为延寿马破了耶律万户，得胜回京，奉圣人的命，时遇五月蕤宾节令，都要打球射柳。宴赏太平之世。可早来到也。

《双调·新水令》:

忻逢佳节满皇都，贺端阳乐年欢助。则见那锦衣悬彩仗，绣袄间公服。摆列着玉叶金簇，端的便屯满御园路。

元末明初·舒頔《端午》词:(里面感慨“人都庆端阳，谁复吊沅湘”)

碧艾香蒲处处忙。谁家儿共女，庆端阳。细缠五色臂丝长。空惆怅，谁复吊沅湘。　往事莫论量。千年忠义气，日星光。离骚读罢总堪伤。无人解，树转午阴凉。

明·陈宪章诗《端午食赐粽有感》：

蓬莱宫中悬艾虎，舟满龙池竞箫鼓。
千官晓缀紫宸班，拜向彤墀贺重午。
大官角黍菰蒲香，彩绳万缕云霞光。
天恩敕赐下丹陛，琼筵侑以黄金觞。
东南米价高如玉，江淮饿莩千家哭。
官河戍卒十万艘，总向天厨挽飞粟。
君门大嚼心岂安，谁能持此回凋残。
小臣自愧悠悠者，救时无术真素餐。

“赏午”一词，当是这些端午庆赏活动的简称。

王充闾

2010 年 6 月 16 日

致杨光祖

光祖先生：

您好！

两篇大作都认真读了，尤其是《文学的灵魂在哪里》，极表赞同。您谈得非常深刻。且不知看过这期《小说评论》的小说家们，作何反应？

杨显惠先生的作品，过去我关注得不够，今后一定找出看看。您提到我关于张学良的写作，实际上，我倒并未过分在意世人如何评价他，主要是他的起伏跌宕的命运吸引了我。近年来，我在散文中写了大量人物，选择的标准，一是有可传可述之事，无论正面反面，能够发人深思、供人研索的；二是有足够的可言说性，人性复杂、深刻，矛盾冲突激烈；三是可以作多样化解读，个性化空间比较大，对那些历史评价上有争议、具备多样性结论的，我尤有兴趣。我之所以要写曾国藩、李鸿章，还有庄子、瞿秋白，就是看中了这一点。

当然，往深层里挖掘，一个作家对于客体对象的书写，绝不仅仅基于趣味与偏好的审美选择，本质上，恐怕还是一种精神类型的选择。无论是抑扬、褒贬、毁誉，着眼点都是对于人格、个性以至人生道路的研判与评说。

这里，我想就张学良多说几句。我以为，张氏可以为我驰骋笔墨提供广阔的用武之地，他具有无限的可言说性。传记、口述历史、回忆录，很多很多，可是并没有穷尽他的内涵，仍然有无限的叙述空间。首先，他是一个谜团，他的人生道路曲折、复杂，生命历程充满了戏剧性、偶然性，带有鲜明的传奇色彩；他的身上充满了难于索解的悖论，存在着许多因变参数。其次，他是成功的失败者，他的一生始终被尊荣与耻辱、得意和失意、成功与失败纠缠着。他的政治生涯满打满算只有十七八年，光是铁窗岁月就超过半个世纪。政治抱负，百不偿一。最后，同历史上一些悲剧人物一样，张学良在人生舞台上，作了一次风险投资，扮演了一个不该由他扮演的角色，挑起了一份他无力承担却又只有他才能承担的历史重担。我写他，还有一点特殊原因，就是我们是同乡，所谓“桑梓情缘”。我从小就听惯了关于他的许多传奇故事，脑子里长期存在着一个固有的形象。不过，我也知道，许多方面写得并不深刻。还望您读过以后，能够有以教我。

即颂

教安

王充闾

2010年6月19日

致刘兆林

兆林同志：

得知您近日将有越南之行，为祝为颂！

承询唐代文学巨星王勃在越南陨落的有关情况，略复如下：

据越文资料记载：王勃于唐高宗上元三年（公元 676 年）夏初到了交趾郡，陪同他的父亲、交趾令王福畤，一起度过了炎热的溽暑，秋八月踏上归程，由蓝江起航，刚刚驶入南海，即不幸为风浪所噬，终年二十八岁。

那一天，海水涨潮倒灌，把王勃的尸体顶入蓝江，被村人发现，认出是这位中土的早慧诗人，即刻通知他的父亲，然后就地埋葬在蓝江左岸。出于对他的崇敬，并且雕像、修祠，永为纪念。传说王勃死后，情怀郁结难舒，冤魂不散，蓝江两岸总有乌云滚动。还有人在南海之滨看到过他那飘忽不定的身影；夜深人静时，风翻叶动，簌簌有声，细听，竟是他操着中原口音在吟咏着诗文。

这一带文风比较盛。过去许多上了年纪的人都能背诵“落霞、孤鹜”的名句和“闲云潭影日悠悠，物换星移几度秋”的诗章；子弟们潜心向学，有的还科名高中，历代出现过许多诗人。其中，成就最大、声望最高的是被誉为“越南的屈原”、“民族的天才诗人”阮攸。他出生于黎王朝的末叶，中年入仕后，曾几度出使中国，到过长江沿岸许多地方，对于中国的风物人情，尤其是汉文学素有深湛研究。他根据中国章回小说改写的诗歌作品《金云翘传》，长达三千二百五十四行，享有世界性的声誉。阮攸从小就熟读王勃的诗文，心向往之，不仅在作品中引用过“风送滕王阁”的逸闻佳话，还专门凭吊过王勃祠、墓。听说，重修后的王勃祠庙的对联“座中尽是他乡客，眼底无非失路人”，就是阮攸亲拟的；还有一副联语“信哉天下有奇作，久矣名家多异才”，引自陆放翁诗，亦出自阮攸之手。他曾在《漫兴》一诗中写道：“行脚无根任转蓬，江南江北一囊空。”虽有自嘲意味，但用来比况王勃也是至为贴切的。

上述资料的获取，得益于对越南的一次出访。2004 年 3 月，我率中国作家代表团来到河内，从我国驻越南大使馆听到一个惊人信息：王勃的墓地和祠庙在越南北部的义安省宜禄县宜春乡。看了地图，那里紧靠着南海。《旧唐书》中本传记载，王勃到交趾省父，“渡南海，堕水而卒”。罹难场所和葬身之地向无人知，想不到竟在这里！

由于急切地想要看个究竟，第二天，我们便在越南作家协会外联部负责人的陪同下，驱车前往实地访察。一路上的话题，自然离不开这位短命的天才诗人。对于一个一千三百多年前的外国文学家，邻邦同行们不仅熟知，而且饶有兴趣，确属难能可贵。只是，我们心里越是急切，汽车越是跑不起来，路又窄，车又多，不足二百公里的路程竟然走了六个小时，到达那里已经是夜幕沉沉了。

我们在海边一家简易旅馆住下。客房在楼上，很空阔，窗户敞开着，夜色阴森，林木缝隙中闪现出几星渔火，杂着犬吠、鸦啼，空谷足音一般，令人加倍感到荒凉、阒寂。“哗——哗——哗”，耳畔涛声阵阵，好像就轰响在脚下，躺在床上有一种船浮海面，逐浪飘摇的感觉，似乎随时都可能被漂走。迟迟进入不了梦乡，意念里整个都是王勃——到底是怎么死的，死了之后又怎么样……很想冲出楼门，立刻跑到海边去瞧一瞧，无奈环境过于生疏，只好作罢，听凭脑子去胡思乱想。

次日，东方刚刚泛白，我便三步并作两步地飞驰到海边。风很大，衣服被鼓胀得像个大包袱隆起在背上，海潮也涨得正满，目力所及尽是如山如阜的滔滔白浪。几只渔船正劈波入海，时而被抛上浪尖，时而又跌下谷底。说是船，其实本是藤条编的大圆笸箩，里外刷上厚厚的黑漆。平时扣在潮水漫不到的沙滩上；捕鱼季节到来，渔民把它们翻转过来，然后推进海里，手中架起长长的木桨，艰难费力地向前划行着。

当地文友说，这里是蓝江入海口，距离中国的海南岛不远，大体在同一纬度上。气候很特殊，看上去滩平坡缓，视野开阔，没有任何遮拦，可是，老天爷却老是耍脾气，喜怒无常，瞬息万变。说声变脸，立刻狂风大作，搅动得大海怒涛汹涌，面目狰狞，往来船只不知底里，时常招致灭顶之灾。听到这些，王勃遇险的因由，我已经猜到几分了。

草草用过了早餐，我们便赶忙去看王勃的祠庙和墓地。听说有中国作家前来拜望王勃，乡长停下正在进行的会议，早早等候在那里。见面后，首先递给我一本铅印的有关王勃的资料。封面印着王勃的雕像，里面还有墓碑的照片，正文为越南文字，后面附有以汉文书写的《滕王阁序》。大家边走边谈，突然，一大片荒榛断莽横在眼前，几个圆形土坑已经长起了茂密的茅草。乡长指着一块凸凹不平的地基说，这就是王勃祠庙的遗址，整个建筑 1972 年被美国飞机炸毁了。我急着问："那么，坟墓呢？" 当地一位乡民指告说：离这里不远，也都被炸平了。这时，乡长从我手里取回资料，让大家看封底的照片——炸毁前此地的原貌：几株参天乔木笼罩着一座园林，里面祠堂高耸，径路依稀，不远处有荒冢一盔，累然可见，徜徉其间还有一些游客。于今，已全部化作了尘烟，进入了虚无。真是"此情可待成追忆，留得残图纸上看"了。

全场静默，榛莽无声。苍凉、凄苦、愤懑之情，壅塞了我的心头；而目光却继续充盈着渴望，我往四下里搜寻，很想从历史的丛残碎片中打捞出更多的劫后遗存。于是，又拨开对面的灌木丛，查看隐没其间的一座墓碑。已经断裂了，碑额抛掷在一旁，以汉字刻写的碑文多处残损，而且漫漶模糊，大略可知竖立于王勃祠庙重修之际，时间约在 18 世纪末年。

承乡长见告，王勃祠庙遭受轰炸后，当地一位名叫阮友温的退伍大尉，冒着生命危险把王勃的雕像抢救出来，没有地方安置，便在家中腾出一间厅堂把他供奉起来。这引起了我们的极大兴趣，立即赶赴阮家探望。阮先生已经故去，其胞弟阮友宁和先生的儿媳、孙儿接待了我们。王勃像供在中堂左侧，前面有一条几，上设香案。像由上好红木雕刻，坐姿，为唐朝士大夫装束，通高约一米四五。由于年深日久，脚部已开始朽损，面孔也有些模糊。跟随着主人，我们一同上前焚香拜祝，并摄影留念。

王充闾

2010年8月12日

致杨光祖

光祖先生：

您好！

大札奉到，至为铭感。

我过去多次说过，喜欢同青年人打交道。现在看，是对的。原因就是可以经常听到不同的声音，以至尖锐的批评意见。

信中提到我的散文缺少锋芒，并以《重读三峡》为例，认为不应把这项工程说得那么好。这对我有很大的启发。

三峡工程究竟怎么看，一向存在着争论，这里有个视角、观点问题。单说文章的写法。其实，为文与为人是统一的。一般情况下，我写文章，还有日常待人处事，多取肯定态度，大概也和个性、禀赋、价值取向有关。我是属于那类善与人同、善于发现他人长处、善于学习、借鉴的知识分子类型。自幼就曾接受系统的传统文化教育，受孔子、庄子的思想影响较深，一直奉行“与人方便，自己方便”、“让人一步天地宽”、“顺人而不失己”（庄子语）的处世哲学，待人一向宽厚，周围许多人在我眼里，我都觉得可亲可敬，总能发现他们可供我学习的长处，缺少的是刚肠疾恶、愤世嫉俗、头角峥嵘的凌厉风格；生活要求不高，所谓奉行“减法”，知足知止，自奉俭约；客观环境再差，我也多能随遇而安，没有过高过苛的要求；严格遵守做人“红线”，守本分，重人品，与他人出现了龃龉，我也总是更多地反思自己有什么欠缺，“躬自厚而薄责于人”。宽恕节省了生命的开支，免除了憎恨的代价，削减了能量的浪费。所以，不满足以至怨怼的情绪很少，整天倒也其乐融融，自得自足。这样，家庭也好，个人也好，周围环境也好，充满了快乐与和谐。反映在作品中，自然也是看长处多，看正面的多。从这个意义上说，从自己角度讲，自然也是真情——当然是未必尽与人同的。

我始终以为，做人，齐家，这样做是好的；当然，做起文章，按照西方的说法，确是一个明显的缺陷。孤愤著书，愤怒出诗人嘛！钱锺书先生《谈艺录》中，引楼昉《过庭录·文字》条，说："刻薄人善作文章，和厚者则平凡。"鲁迅先生的文章达到了至境，其特色是犀利尖刻，准确深透，挥洒幽默，涉笔成趣。他曾说："我自己也知道，在中国，我的笔要算较为尖刻的。"他说他的文章"有伤忠厚，近于刻薄"。刻薄不等于阴损，这是一种文章的风格，有位哲人说，对于民族来说，拥有梵·高乃是万幸；可是，如果哪个父亲、妻子，若是有那样一个儿子、一个丈夫，恐怕就整天地焦头烂额了。事情之大谬而不然者，大抵类此。

因为我们投合，我就随便说了这些，交心而已。

王充闾

2010年8月13日

致邓世广①

邓教授：

您好！

大函奉悉。

新疆为我旧游之地，翻阅大著《当代西域诗词选》，倍感亲切之余，多获教益；今又收读近作诗词若干首，宛如云璈水瑟，可诵可歌，乐何如也！

先生诗词俱佳，而于倚声尤见功力。有的一气驱使，旋折而下，构成“繁音促节”的湍急情势；有的宛转低徊，声声掩抑，予人以“欲吞还吐”的感觉；有的则是峭拔挺劲，直耸孤标，凸显出激越不平的情怀。吟咏这些词作，直是一种高格调的艺术享受。

我于诗词，素有爱好，但着力不多。在散文创作之余，有时也随便涂抹两笔，多无足观。在诗词集的后记中，我也曾写过一段几近辩护的话：

> 我在痴迷诗词的同时，又不无几分清醒、几分警觉。如所周知，旧体诗与新诗，文言文与白话文，在遣词造句、表述方式以至体例、程式上，都存在着明显的差异。两千余年的文学实践表明，写作古体散文与写作旧体诗词是恰合榫铆，相得益彰的；而我的主业是经营现代散文，这与

① 邓世广，新疆医科大学教授，诗人。

写作新诗当可相辅相成，反之，若是沉酣于“束缚人们的思想”的旧体诗词而不能自拔，甚或不自觉地成为一种“话语方式”，那就必将有碍于思路的拓展、笔墨的荡开、文势的挥洒。为此，我曾戏谑地改窜《庄子》中的一个警句：“诗词，作手之蘧庐也，止可以一宿而不可久处。”此言一出，即遭到文友的驳诘：“君不见鲁迅、瞿秋白、郁达夫乎？其旧体诗均出色当行，何以现代散文亦绝妙无俦也！”我一时语塞，有顷，才回应一句：“诸公乃文章圣手、天纵英才，自非常人可比。”

随信，附呈四组小诗，多为即兴咏怀之作，没有什么深邃的寄托，尚望先生阅后有以教我。

王充闾

2010 年 9 月 4 日

致李建华

北岳文艺出版社

李建华先生：

顷接大函，知贵社为树立山西品牌形象、打造山西文化名片，艺术地再现山西厚重的人文精神与古老的地域文化，拟分批邀请全国知名作家到山西采风，以历史文化散文形式，写出三晋大地的历史之美，地域之美，民风之美，人文之美，厚重之美；在此基础上，编辑出版《厚重山西——当代著名作家看山西》大型文化散文集。这一举措意义重大，非常必要。承蒙邀请，我感到十分荣幸，多谢出版社对我的殷殷垂注。

山西原是我的旧游之地，十多年来，曾先后去过四次，而且，都和创作有关。一次是和中国作协党组书记翟泰丰同志，去王家大院挂创作基地的牌子，然后去了晋南、晋东南地区；一次是以中国作协主席团委员身份，率领采风团去晋中、晋西南地区深入生活，实地采访；还有两次，在我任省委常委、宣传部长时，曾去了晋北，过五台，出雁门，赴大同、浑源；另一次，当时兼任省作协主席，应山西省作协邀请，专门去参观了晋祠，走访了忻州元好问故乡，先后写了《无字碑》《貂蝉趣话》《劫后遗珠》《情注河汾》等系列历史文化散文。尽管山西的主要地域基本上都去过了，但我仍然对重游三晋大地抱有浓烈的兴趣。只是三、四月份，早已安排要先后到温州大学、苏州大学和苏南地区讲学、访问，五月份要到中东欧出访，行程安排得很满。这样，就不能前去参加这次采风了，实在是感到遗憾。

现将我写成的四篇散文送上，供审核。如能采用，自是感到欣慰——毕竟没有辜负诸君的错爱；否则，我也完全理解，因为我并没有参与这次活动。

王充闾

2011 年 2 月 25 日

致葛本亮[①]

本亮同志：

近期，接到山西出版部门的邀请函，他们策划组织一批国内知名作家通过采风活动写出系列散文作品，以适应本省经济社会发展、壮大文化软实力的需要。刚才我给北岳文艺出版社的老总作了回复。就此，我联系到，我们辽宁也应该策划、推出一批扩大人文宣传、树立品牌形象的本省题材作品。

这项工作，本来早就应该做，但过去限于资金紧缺，加上我主政时重视不够，留下了一笔宿债。尚堪告慰的是，作为一个作家，我在个人创作中，还是比较重视宣传、反映本省改革开放、现代化建设中涌现的新事物、新景象，其中仅是刊发在影响颇大的《人民日报》副刊上的散文，就有二十余篇，对象涵盖了全省十四个市，可说是无一遗漏。其余还有几十篇属于本省素材的散文，发在全国各类文学杂志上。近日我把这些加以整理，篇幅竟达二十多万字。我的想法是，如果借鉴外省做法，我们也邀请知名作家统一组织书写，当然最为理想。假如因为精力、财力、时间限制，也可采取“短平快”方式，就现有作品进行编纂。这既简便易行，又可立见功效。“蜀中无大将，廖化作先锋”，总还聊胜于无吧。因此，不揣谫陋，将这份题为《辽海春深》的文字稿打印奉上，请加审核。

如能纳入出版计划，不妨首先译成英文，对外；同时，双管齐下，

① 葛本亮，时任中共辽宁省委外宣办主任。

再以中文在国内发行，包括面向外省区市项目洽谈、公务交往、旅游观光者。电子文本，出版计划下达后，即行奉上。

最后，想解释一句，此举绝非由于我的作品没处出版，想通过这个途径找出路。实际情况是，只要我能够写出来，公开出版发行没有困难。这样，也请各位不必为难，不必迁就。如出于种种原因（如年度计划已经下达等）不拟采用，我完全能够理解，也没有任何想法。正可用来应对外来约稿，拿出交差就是了。

敬致问候。

王充闾

2011 年 2 月 25 日

致孙昌武

孙先生：

您好！捧读来函，至为欣慰。原来您一直在日本讲学，怪不得一直没有音信呢。

三月中旬，我应邀参加江苏作协的一项采风活动，去了吴江、常熟的两个古镇，看了清初天文学家王锡阐纪念馆，钱（谦益）柳（如是）的红豆山庄遗址；还有徐氏师俭堂、瞿氏铁琴铜剑楼。同去的有孙绍振、范培松等知名学者。

下旬，应温州大学颜翔林教授之邀，为中文系研究生讲了《历史文化散文的历史真实与艺术真实问题》；并且游览了楠溪江及古村落，参观了高则诚、孙诒让故居和朱自清先生写过的梅雨潭，还有温州市唯一的以县名冠名的省级重点风景名胜区洞头县，奇特之处在于县域涵盖了一百零三个岛屿。

谢灵运的池上楼，我于十年前来温州时，还看到一些旧迹，此次重游，已经变成公园，无复旧观，不禁感慨系之。

从温州到南京，先后考察了位于绍兴县兰亭镇鲜虾山南麓的王阳明墓、嵊州市金庭镇瀑布山的王羲之墓、上虞县林岙村乌石山的王充墓。

我定于五月上中旬到西班牙、波兰、捷克、匈牙利去访问。明天，要到领事馆办签证，如果顺利，五月一日即可成行。我想，趁着现在还能走得动，尽量多出去看一看；再过几年，恐怕就只能望云遥想、困守穹庐了。

充闾

2011 年 4 月 5 日

致金宏达

宏达先生：

您好！

顷读瑶函，无任欣慰。书已收到，只因出国行色匆匆，致稽作复，甚感歉疚。这次去了西班牙、波兰、捷克、匈牙利、德国，主业是应“汉办”要求，去了几处孔子学院，回来写了札记，已交光明日报待发；同时访问了塞万提斯、肖邦、卡夫卡、裴多菲的遗迹，在德国，又循着格林兄弟童话的踪迹，从法兰克福到卡塞尔，叩访了小红帽、牧鹅女、长发公主的故乡。前后二十几天，刚刚返回，时差还没有调整过来。

刚刚出了一本旧体诗集，明天我就以挂号寄出。先生文名，早经震耳；唯散文过去读得不多。这本《金顶恒久远》，我将从容展读，藉聆清诲，并蕴情思。关于秦淮河，上世纪80年代初，我曾涂抹一篇短文，感叹全非朱自清、俞平伯先生笔下情韵，更不要说余怀在三百多年前《板桥杂记》中所记载的了。这次读了大作《旧家桃叶渡》，那细腻、优美的笔触之下的凄清、怅婉、苍凉的氛围，更平添了几分惆怅，几分向往。

谢谢您的关注，望以后多联系。

王充闾

2011年6月8日

致夏志坤

营口市档案馆

夏志坤女士：

您好！

按照贵馆“王充闾文学研究中心”要求，现将有关资料提供给您们。

内含：

一、学习札记66册，始记于1977年，截止于2010年。内容比较丰富，说是庞杂也可。其中大量的专题、专项研究，较为系统，基本上是记载个人见解；还有摘记他人的观点、言论、名言、警语、诗句载录；以及各类学术会上的发言提纲、纪要，创作前构思及写作意向；等等。如果时间允许，可录制成电子文本；另外，还有57册域外访问札记和国内采风观光札记，限于时间，可暂时不予录制。

综观三十几年的学习笔记，可以看出个人读书、学习、思考的重点、脉络与路径，实际上，也反映出个人成长、进步的历程。从学习目的看，前十二三年，大体上以获取知识、汲取学问为主，后二十多年，进展到以研讨问题、提高思辨能力、增长识见为主；从学习范围、知识结构、学术视野看，前段比较单一，多为文学方面，后段扩展到哲学、历史等更广泛的人文学科；从所记内容看，前段载录他人的为多，后段侧重于个人思考、理解。这些基本特征，同我的创作进程与成就可谓同步。

65本（含卡片1袋）学习笔记中，1977年3本，1978年2本，

1979年2本，1980年1本，1978—1980年1本，1981年4本，1982年2本，1983年1本，1984年2本，1985年1本、卡片1袋，1986年3本，1987年3本，1988年1本，1989年1本，1990年2本，1991年2本（1992、1993年遗失），1994年1本（1995年遗失），1996年1本，1997年2本，1998年1本，1999年4本，2000年4本，2001年2本，2002年3本，2003年2本，2004年2本，2005年3本，2004—2005年1本，2004—2006年1本，2006—2007年1本，2007年2本，2006—2009年1本，2009年1本，2009—2010年1本，2010年1本。

二、手稿复印件38份，评论家评论手稿及复印件18份。

38份文稿是在散文集《柳荫絮语》《清风白水》结集时复印的（只是其中一部分）。原稿分别在春风文艺出版社和作家出版社，当时未能及时索还，过后处理掉了。1994年后，一律用电脑写作，再无手稿可存。

三、登载我的文章的报纸杂志近千份，其中仅香港大公报即达108份。均为历年积存，基本上完整无缺。

四、国内外二十几家出版社出版的散文随笔集、诗词集、学术著作四十几种，以及其他学者、评论家的王充闾诗文评论集、传记7种。

王充闾

2011年6月30日

致张冰

张冰同志：

您好！

感谢各位的热情关注与艰苦努力。

看过“王充闾文学研究中心”活动规划后，我有下述几点想法，提出来供参考。

一、规划中提到要发挥“窗口”、“平台”作用，我表认同。我们这个中心最大的优势是在资料收集、整理方面，至于研究、评论，限于所在地域特别是评论队伍构成，并不占据优势，很难作出超越他人的更多业绩。所以，按照“扬长避短”原则，我认为，我们应该把主要精力放在资料收集、整理方面。就档案工作本身来说，这既是本行，又是长项；而研究对象的几乎所有的资料，都掌握在您这里，这又是一个独特优势。我们要做那些别人做不了、只有我们能做的事。

二、诸如开大型研讨会、搞征文大赛等需要很多投入（力量与资金）的活动，最好不要搞。辽大知名教授、北京师范大学博导、省美学学会会长王向峰先生编的那部书，耗资五万，费时一年，作者六七十人，几乎涵盖了全国评论界（实际上，是把几本现有的评论集作了汇编），您们再怎么弄，也难以达到这个水准。这里面受多方面因素制约，现在人心浮躁，热衷做学问的很少，而肯做的未必有那个水平，反过来，水平真正高的、有独到见解的又未必肯做。三五千块钱，在我们来说，尽了很大努力，可是，在那些走南闯北的评论家眼中，却微不足道，最后，肯定是真正够水平的稿子很少，只剩下我们自己搞“内循环”，因此，不会有太显著的效果。我这么说，看似泼冷水，实际上是过来人的真心实话与经验之谈。

三、我倒觉得，与其投资费力组织评论，莫如多做一些集纳性、资料性的整理工作。

记得当年《王充闾作品系列》出版后，开过一次全国性的研讨会，许多著名专家学者到会。会上，全国著名出版家、原三联书店原总经理、《读书》杂志主编沈昌文先生建议：

“由于这部作品文史哲兼备，内容丰富，旁征博引，有必要也有可能搞一部《王充闾著作索引》——从作品提到的各类事物中，整理出一本索引（提示篇章、页码，单独作为一本，附在七本作品后面）。一种办法是按笔画分类，这样可能杂乱一点；一种办法是按内容分类：人物（如庄子、李白、苏轼、赵匡胤、勃朗特三姊妹、萧红等）、地名（汴水、开封、贝加尔湖、京都等）、书籍报刊（如《诗经》《福尔摩斯探案集》《大公报》等）、诗词、引语、掌故、历史事件（如九·一八、一二·九等），等等。”

他从编辑家、出版家角度考虑，又补充说：“这一方面，可以增加学术气氛，另一方面也能吸引读者去看、去买；而且，作品本身具备了这种条件。”

此次如能把这个索引弄出来，将来附在多卷本文集后面，厥功亦甚伟也。

王充闾

2011年8月11日

致王丽文

丽文同志：

你好！

信中说到“朱湘的诗歌《昭君出塞》的韵律与动感特别强，真就像看到昭君弹着琵琶骑着马，行进在去往边塞的路上”。这确是一首凄美动人的好诗。他还有一首名诗《废园》：

有风时白杨萧萧着，
无风时白杨萧萧着，
萧萧外更听不到什么。
野花悄悄的发了，
野花悄悄的谢了，
悄悄外园里更没有什么。

充分反映出他的悲观、虚无的人生观。他十五岁便进了清华，还在三所美国大学里读过书，二十九岁便投江自尽了，整个一生都是悲剧。他的出生地湖南沅陵和葬身地安徽采石矶（传说李白也在这里捉月投江）我都去过，很想写点什么。由于太令人伤怀，最后还是没有写出来。

“野花悄悄的发了，野花悄悄的谢了。”一言以蔽之，就是孤独。其实，就着这个话题也可以大做一篇文章。孤独与恋群，同是人类的天性。婴儿和老年人害怕孤独，喜欢周围有人群萦绕。表明他们是弱者，依赖性强。待到婴儿长大成人，或者年龄虽长但还没有步入衰老境况时，便会自觉不自觉地渴望着有一个自己的独立空间。人越成熟，越需要孤独，向往孤独。没有孤独，就没有个人的独立思考，就没有文学艺术和哲学思维。特别是，随着现代社会的发展，人类生活空间会变得日益狭窄，这样，要求有一个私人空间的想望也就日益迫切；而且，这种想望往往是哲学层面上的。

你不仅会写诗，散文也写得很好。散文与诗，二者的筋脉相互通连着。散文写作可以借鉴诗的写法。诗话上讲，宋人咏梅，有两种手法。一种是般般具足，惟妙惟肖，极尽周全之能事。晁补之《亳社观梅》："开时似雪，谢时似雪，花中奇绝。香非在蕊，香非在萼，骨中香彻。"写尽了梅花的奇与绝，色与香，可是，在文学史上却遭到批评。清代词人兼评论家陈廷焯说："费尽气力，终是不好看。"另一种手法，是写意的大笔勾勒，只重神韵，不求形似。林和靖的《山园小梅》："疏影横斜水清浅，暗香浮动月黄昏。"朦朦胧胧，笼笼统统，影影绰绰，若有若无，完全不涉及色彩、形貌，却写尽了梅花的神清骨秀、高洁端庄的气质、风韵。这种写法，同样适用于散文写作。我觉得里尔克写罗丹，就是吸取诗的经验。散文应该有意识地借鉴诗的做法。

王充闾

2011 年 8 月 18 日

致王歌

王歌：

你好！

收到你的信，我特别高兴。

从你的几位长辈那里，多次听到对你的气质、品行、学识的赞美，我也为“王门有女志高骞”而深感荣幸；当然，也以至今未能晤谈为憾。你妈妈善良、贤惠，但命途多舛，能够有你这样一个理想的女儿，也就可以补偿一切了。就这一点来说，几乎所有知道你的人，都对她极表钦羡。

由于时代局限，我不懂外语，对西方哲学（也包括史学、文学）缺乏深入研究，而这方面对于一个现代知识分子，特别是写作者来说，却是极端重要的。为了弥补这一缺憾，我从1990年代之初开始，作了一些努力。途径有三：一是大量阅读有关著作，进行“恶补”；二是结识许多学者（包括与一些年轻博士结忘年交），按照巴赫金的“对话”理论，以交谈或通信形式向他们请益；三是到国外实地考察（比如我今年五月，就曾在西班牙与捷克分别考察了塞万提斯和卡夫卡）。三方面都有不同的斩获。我之所以珍视同你的交往，确实也有这方面的愿想。

信中提到拙作《断念》一文中所引用的歌德的诗《漫游者的夜歌》，这是我在魏玛西南部山区歌德的小木屋中亲眼看到的。原为德文，我用的是钱春绮先生的译文。如果早些时候知道你说的“一切”与“所有”的内涵，那我在引用时就会阐释得更充分些。应该说，这确实是一首达到极致的抒情短诗。说是夜歌，诗中却没有写月亮与星辰，没有一般的夜景的描绘，也看不出明显的深邃的内蕴，只是一种氛围，一种意境，那就是：寂静。这种意境，体现在主体的人和客体的峰顶、林梢、小鸟之间。整个世界，一切一切，都要安息。个人与自然，主体与客体，特殊与一般，实现了浑然天成、和谐无间的融合。

随信寄去几本散文近作，供你闲暇时随便翻翻，争取新年前后见面时听到你的批评。

应国家“汉办”邀约，我将于明年春季去美国或德语国家访问，顺便写些有关孔子学院的文章，至少要逗留一个月。如果能去德国（我已经去过三次了），还要请你予以指导。

祝你一切顺遂，不断取得新的学术成就！

王充闾

2011年8月18日于沈阳

致王丽文

丽文同志：

来函收悉。承询李璟的词："菡萏香消翠叶残，西风愁起绿波间。还与容光共憔悴，不堪看。"（上阕）同是这一首词，可是，在不同选本中，词牌却不一样，一说是《浣溪沙》，一说是《山花子》，还有的叫《摊破浣溪沙》，究竟何者为是？

这是五代时的一首著名词作，曾得到王国维先生的激赏，说大有"众芳芜秽，美人迟暮"之感。关于词牌，里面有很多文章。《浣溪沙》原本是唐代教坊曲名，因西施浣纱于若耶溪，所以这个词牌又称《浣沙溪》。上下阕各三句，每句七个字，只有第四句不用韵。（可参看毛泽东"长夜难明赤县天"……）另外还有《摊破浣溪沙》《山花子》等不同名称。

不知你注意没有，李璟的这首词，与毛主席的词有所差别——上下阕末行句（第三、第六句）各增三字，韵位不变。准确地说，应该是《摊破浣溪沙》。但因为出现在词的早期，所以，一般地没把它加以区分，这就是有的选本称作《浣溪沙》的原因。

那么，加上"摊破"二字，是怎么回事呢？它的意思就是将某一个曲调摊开拆破一二句，增字衍声，另外变成一个新的曲调，而所用的仍是原有调名，于是，加上"摊破"二字，以示区别。在这里，"摊破"兼具文字与音乐两方面含义。若单就文字而言，"摊破"也就是添字。

王充闾

2011 年 8 月 25 日

致王雪丽

雪丽同志：

大著拜读一过，感到诚如向峰先生在序言中所讲的，文集中凝聚着丰厚的感情，蕴存有丰富的知识量，洋溢着丰盈的智性精神。我想就着这些话题讲点个人的感受：

散文是作者精神的外射，是生命的组成部分。苏珊·朗格说，艺术表现的是人类的情感本质。这种情感本质，必然是人类深层意识的外射，是个体生命对客观世界的深刻领会与感悟。您在日常生活中，表现为爽朗、热烈，真情似火；文如其人，您的散文也是处处映现着这种风格，展现着灵魂、心性的特征，表现为对社会人生的关注，对身旁的人与事的关注，对自身赖以存在的时空环境的探索。可以说，您的这本散文集，正是灵魂的曝光，内心的折射，是一部可贵的心灵史。最典型的例证有两点：一是对先祖王十朋的衷心景仰，全力发扬光大他的爱国精神和凛然正气；再就是对于亲人——抒情散文《母亲祭》中，表达了作者对母亲深切的缅怀，记录了母亲对爱情的忠贞，对革命的贡献，情真意切，令人动心动容。

书中很多文章，从思想主旨到字里行间，让人感受到作者是在以全部的灵性和感受力去烛照历史，触摸现实，探索文化，追寻美境，在浓郁的传统文化信息与古典风韵中展现着作者的现代意识。您以现代人的审美标准、艺术欣赏习惯来品味传统。应该说，中国历史的相关性是很强的，传统文化中越是久远的东西对现实的影响越大，人们愿意从中发掘出一些具有象征性意义的民族符号，作为自己生存状态、生命存在方式的参照。特别是在当前，随着市场经济的深度扩张和后现代化思潮的涌入，人们回归传统、回归本原、回归自然、回归精神家园的情感需求日趋强烈。其中突出的一点，是加倍重视对于本土思想文化资源的开发和研究。我感到，这是这部散文作品的精华所在。

顺颂

时安

王充闾

2011 年 9 月 10 日

致高楠[1]

高楠先生：

您好！

读过您发表在《文学评论》杂志上的学术论文《批评的生成》，十分欢慰。

这是一篇具有重要的理论价值与实践意义的优秀论文。一部文学发展史表明，每当社会生活发生变革、转型时期，文学活动必然异常活跃，而文学批评的功能亦必然因之而凸显，并益发显现其重要作用。当前，我国正处在社会重要转型期，文学事业飞速发展，呼唤着系统性的文学理论建构，亟须批评的介入与引导。此文适逢其时地论述了批评的生成功能，进行深入的理论探讨，为当下的文学理论建构与批评实践指引了一条路径，具有突出的理论探索与批评学价值。

祝您取得新的更大的成就。

王充闾

2011 年 10 月 28 日

① 高楠，本名高凯征，文学评论家，辽宁大学教授、博士生导师。

致李东红

东红：

你好！

看了你的《袁世凯》一文，觉得写得比较平实、准确，提不出什么修改意见。我想，你完全可以在此基础上，再深入一步，做一篇袁氏的大文章，更多地关注他的性格、个性、命运之类的问题。

有人给我讲过一个故事：说袁世凯看京戏《捉放曹》，当听到“宁教我负天下人，毋教天下人负我”这句话时，他说，可惜曹操当时没有把陈宫也干掉，否则，这句有损于曹操形象的恶言就不会传出了。记得讲故事的人紧接着又补充一句：“其实，老袁也是没有心计，既有此意，何必说出？”正是由于袁世凯的精明，使他经过闪转腾挪，费尽心机，最后得以成为中华民国的大总统；也正是讲故事的人所说的“也没有心计”，一时欲令智昏，不知审时度势，才让他做了八十三天的皇帝，最终的下场还不如被他亲手赶下台的溥仪，诚如李大钊所说“以符合民意而再起者，卒以伪造民意而亡”。

袁世凯没有弄明白：中国过去能够容得乳臭未干的小皇帝溥仪，何以就容不得他这个民国元勋也来过过皇帝瘾。诚然，中国有句俗语：“风水轮流转。”孙悟空更是大胆放言：“皇帝轮流做，明年到我家。”但那得看时机，讲条件。如果在二百年前，老袁弄个皇帝当当，一定会做得风生水起，胜过晚清的所有皇帝；但此一时彼一时也，在那时的中国，人们早已谙熟了共和理念，对于帝制的腐朽早已洞如观火，从而深恶痛绝。袁氏倒行逆施，重建帝制，本身就是对共和的玷污和背叛，因而必将遭人唾弃。

王充闾

2011 年 10 月 30 日

致王丽文

诗人王丽文来信，略谓："晨起读过莪默的一首短诗，是胡适先生翻译的，意蕴优美、深邃，与您散文中写过的管道升的《我侬词》有异曲同工之妙。"

丽文：

你好！

莪默·伽亚谟是十一世纪波斯的诗人，他还是数学家与天文学家，有《鲁拜集》传世。

你在信中，提供了一个很好的线索与视角——评莪默诗，应用比较法，把它和管道升的词对比。二者相同之处，都是要将两人捏在一起，做到你中有我，我中有你；不同之处在于，西方人改造世界的观念特别强，他们在改造自身的同时，还不忘改天换地，造天老爷的反。你听他说："再磨再炼再调和，好依着你我的安排，把世界重新造过！"好大的口气！国人则反是，讲究天人合一，和谐相处，提倡顺应自然，没有那么强烈的斗争意识。

经过这么两相比较，深入分析，就既有了情趣，有了看头，比单纯地分析有意思；更增加了深度意识。

王充闾

2011年11月3日

致颜翔林

翔林先生：

您好！

您是哲学家、美学家，可是，诗却写得很好（尽管您从来不以诗人自命），清奇凄切，秀美动人。日本明治维新时期著名的汉诗诗人大沼枕山有句云："一种风流吾最爱，六朝人物晚唐诗。"在您的诗里面，不仅饱蕴着楚骚、宋词、晚唐诗等中国传统诗文的精髓，而且，最难得的是流溢着西方美学、诗学中的格调与性灵。《头枕淮水》中那种柔情脉脉中浸透着的感伤、悒郁，如泣如诉，如怨如慕，尤其令我感同身受。西方的诗我读得不多，但雪莱眷恋旷野对他的呼唤，所到之处总能让心灵与大自然撞出凄婉而绚丽的火花；湖畔诗人华兹华斯"把阴暗的树枝留给夜莺，那光辉的清静空间属于你（云雀）"的佳作；还有夏多布里昂的哀怨情歌，都从青年时代就活在记忆之中。现在读了您那些淮畔清吟，竟有昔梦重温之感。

充闾

2011年11月12日

致王磬瑶

磬瑶同学：

你好！

应邀在东北大学校园文化促进会举办讲座，我感到很荣幸。谢谢你们的关注。

讲座题目是《两般苦楚一对师徒——从曾国藩说到李鸿章》。中心要说，曾李这两位晚清重臣，虽然身居高位，执掌铨衡，却各有其难以言说的痛苦。曾国藩的苦主要来自内在，他要建盖世之功，又要当浊世的圣人，结果不仅横遭猜忌，内心也充满矛盾，“功德两个字，用破一生心”，活得非常吃累。李鸿章和他的老师曾国藩不同，“笑骂由人笑骂，好官我自为之”，似乎活得潇洒从容；可是，身处阴险的老太后和强权的洋主子之间，“两大之间难为小”。又要当“签署卖国条约的专业户”，又要面对国人的唾骂，内心自然痛苦不堪。本讲座属于学术研究性质，重在知人论世，揆情度理，分析曾李的异同，予人以心智上的启发；而不在于罗列事实，重复那些史书上记得清清楚楚的故事。

收到后，请回函，并告星期五晚上的具体时间、地点。

王充闾

2011 年 11 月 14 日

谢　函

近年来，我曾接到北京等各地许多封内容相近的聘书，或为名誉主席（会长），或为实职副会长，或为颁发金奖，或为评赠各种荣誉称号，或为邀约出任某某荣誉职务。不管发函者出于何种考虑，我都一律寄奉这份通用的信函，婉言予以辞谢。

敬启者：

作为一个从事文学创作的作家，我已经年过古稀，长期以来，工作之余，主要是以创作散文为主，间或写一些旧体诗词，再就是进行有关文学、史学方面的学术研究。仅此而已。至于书法、绘画、篆刻等诸多艺术门类，闲暇时节，固然也有兴趣随便看看，但既不懂得鉴赏，更不能实际创作。说来也是十分遗憾的。俗话说，隔行如隔山。圣人也讲："知之为知之，不知为不知。是知也。"对一个正统的知识分子来说，最怕的是谬托博采，冒充行家，以致徒遭非议，贻笑大方。因此，我从来不敢，也不肯以艺术家自称。每当听到有人从善意出发，称我为作家之外的什么什么家时，我都毅然予以婉拒。

提笔写这类推却信函，我的心情也处于矛盾状态，觉得实在不该辜负诸君的期待。古诗中有"还君明珠双泪垂，恨不相逢未嫁时"之句。借用来说："还君聘书双泪垂，恨不相逢少壮时。"之所以如此说，是因为我也曾设想过，如果倒退二十年、三十年，我一定从头学起，争取在艺术方面有所进益，也不辜负诸位的期待与青睐。

敬致谢忱，恳请鉴谅。

王充闾

2011年12月5日于沈阳

致李磊

李磊：

你好！

谢谢你的关注。同你的感觉一样，这个春节我也觉得过得很充实。通过惬意的交谈，开阔了学术视野，提升了精神境界，也证实了我一贯的认识：多向年轻人学习，多和年轻人交谈，可以深获教益。何况，我面对的年轻人，坦诚直爽，心无尘滓，一清如水，纯真智慧，自然就更有益处了。有些老年人只喜欢同岁数大的人交往，觉得有共同话语，共同观念，而对年轻人总有隔阂之感，抱着不屑或者矜持的高据上游的倨傲姿态。其实，这恰恰是老迈、衰朽、颓废的表现。如何看待年轻人、如何对待年轻人，是检验一个人、一个集团、一个民族是否具备生命活力、发展潜力的重要标志。在这方面，鲁迅先生是导师，是楷模，是方向。

下面就过渡到如何看待你所自陈的三个"缺点"：不成熟；理性分析能力差，条理化不足；好高骛远，理想主义。你说这些，完全出乎至诚，出乎对我的信任，抱着诚恳求教的态度。但我觉得，不能笼统地说，一概而论，须从四个方面加以分析：

其一，这未必是缺点，是成长过程中必然出现的。"少年意气当拏云"，唯其好高骛远，敢于否定权威，才能勇闯新路，超迈前人。

其二，有的不但说不上缺点，恰恰是难能可贵之处。"成熟"往往与圆融、透彻、理智相联系，但这样，也有一个险区——掌握得不好，容易堕入圆滑、见机行事、没有是非原则的魔道；而且，事物一经成熟了，就不能发展了，就要走下坡路，甚至开始朽腐。

其三，从事文学创作，贵在保持敏锐的直觉、通灵的悟性，过分理性、太条理化了，就会失去固有的灵气。这一点，我有切身体会。你能写新诗、写小说、写悟性强的散文，而此均非我之所长，要害在此。

其四，理想主义容易带来完美主义，工作、生活等各方面都过分追求完美，会带来许多问题。世上的完美都是相对的，而不完美却是绝对的——就是说，绝对完美根本做不到。而且，奉行完美主义的人，于人容易挑剔、苛求，求全责备，结果，“水至清则无鱼”；于己过分要强，遇到问题不愿求人帮助，凡事都自己承受，会增加自我心理压力，对于健康也十分不利。

信中问到“六一居士”的来历。这是欧阳修自命的雅号。他有一万卷书、一千卷金石文、一张琴、一局棋、一壶酒，加上他这个老翁，所以号称“六一居士”。很凑巧，你说自己有了一本诗、一部长篇、一本纪事散文、一本情感随笔、一部书评，再加上一部出版工作日记，循欧阳修的先例，称得起是“六一工程”了，应该早些整理、付梓。

王充闾

2011 年 12 月 10 日

致李磊

李磊：

你好！

来信收悉。

说来，世界也真小，小到彼此的熟人也“磕头碰脸”。俞晓群先生是一位不可多得的复合型人才，既富有学术修养、文学才情，又精于出版、编辑业务。他的文笔清新、洒脱，极有韵致；所编辑出版的书籍，如“新世纪万有文库”、“书趣文丛”，还有新近编的“海豚馆系列丛书”，都是颇获海内外佳评、足以传之久远的。我们相知甚深，我从他那里获得过相当多的鼓励与帮助，说起他来，我充满了感激之情。

再回到你提出的几个问题：

一、关于文脉的传承。与世界其他文明古国不同，五千年的中华文明传统迄未中断，这是最足以使人自豪的。但是，单就传统文化来说，近几十年大陆确实出现了断层，大约三四代人缺少这方面的修养。主导因素是片面性的认识，特别是“左”的思潮所致。相对来看，台湾要好一些，他们的断层不很明显。但，近些年经历反传统的后现代主义和市场经济的冲击，也不同程度地受到了类似的影响。

二、如何看蒋家父子。他们对中华文化传统都很尊重；特别是坚持统一，不搞“台独”，都值得肯定。但新中国成立前，大肆屠杀革命者，推行派系斗争，惩治贪腐不力甚至带头施行，等等，都丧失人心。不然，怎么会垮台呢？

三、如何看台湾的散文。大体上说，质量很好，许多作品，情文并茂，文采斑斓。我最喜欢的是余光中、王鼎钧的散文。

四、中国古代文人与官吏。由于科举制度，一切官员入仕，必须考评诗文。即便是个县令，也要是进士出身，自然都精通古文，写得一手好字以及合乎标准的诗词。因为普通百姓没有文化，所以古代流传至今的上等诗文，绝大多数都是那些文士写的（当然也有例外，如《诗经》中的“十五国风”，《古诗十九首》等），其中好多是大小官员，一小部分出自隐士、僧道、闺秀之手。现在，情况完全不同了。一是多数官员没有足够的文史基础，缺乏基本功训练；二是大学毕业算是知识分子，但许多不是学文的，即便是学文的，有些人功夫也不放在诗文上，跑关系、找门子、筹划挣钱、养家糊口。孔子说：“君子谋道不谋食。”也是由于所谓君子都是衣食无忧的富裕阶层。普通老百姓终日冻馁饥寒，不会有那个闲情逸致。

说得很多了，就此打住。

王充闾

2012年1月11日

致黄彦

黄彦先生：

您好！

《中华辞赋》多卷，已经收读。宏词佳构，美不胜收。作者队伍中涵盖了许多国内一流学者和诗词作手。这确是一份情辞兼胜、文采斑斓，且能充分体现民族传统文化特征的精品刊物。为祝为颂！

我是从事散文创作的，偶尔写些诗词；于书法一道素少研究，字拿不出手。谬承先生眷顾，盛情难却，只好勉为其难，题词呈上。可用则用，如不适合要求，置之纸篦可也。

即颂

编安，恭祝年祺！

王充闾

2012年1月14日

题词：

四海琼英寄雅情，红千紫万竞峥嵘。
辞林自是多才俊，且作嘤鸣送掌声。

——为《中华辞赋》题

致李磊

小李：

你好！信函与散文都已收读，谢谢你的关注与信任。

你的文章写得很好，读起来有一气呵成的心理快感，气势贯通，虎虎有生气，本身就体现了你所追求的艺术风格——浓烈饱满。这固然和年轻有关系，其实，也具有时代特征。应该说，浓烈饱满是当今多种艺术门类——电影（如《太阳照常升起》）、音乐（如流行乐坛的森帕乐队的《燃情岁月》）、舞蹈（我在阿根廷看过探戈），甚至连饮食（如有人形容红葡萄酒）都倡导这一风格，美术作品就更不用说了。可惜，我绝对缺乏这种才情与灵性，为文时过于强调深度追求和清醇淡雅。这和经历、年龄、个性、癖好都有直接关系。

当然，对于这种浓烈饱满的艺术风格，我还是欣赏的。在一篇文章中，我曾讲到观看南美的舞蹈，对于那种极度热烈奔放，充盈着一种自然、纯真的质朴与野性，颇为赞赏。你提到里尔克，他不仅诗写得好，对于雕塑也很有研究，他通过罗丹的学生、助手，结识了罗丹，写了一部论述罗丹艺术的散文，水平极高。我读过许多遍。文学界对他的诗评价很高，认为“不仅是一位诗歌圣徒的至高完成，也是整个现代诗歌的光荣，令人惊异地显现了诗歌所能达到的境界以及它的兴发创化之功”。

多读些域外的文学作品，很有好处。鲁迅先生就是这样说的。从事研究也好，写作诗文也好，都需要眼界开阔，多方借鉴。

王充闾

2012年1月16日

致《诗刊》

《诗刊》编辑部：

欣闻“子曰诗社”应运而生，欢慰之余，为祝为颂！

子曰：“不学诗，无以言。”“兴于诗。”“小子何莫学夫诗？诗，可以兴，可以观，可以群，可以怨。”诗之为要，为诗之要，尽于此矣。确乎，确乎！人生天地间，岂可一日离诗耶？

夫诗，尚妙悟，重性灵，尤贵识见。识见所至，境界出之。

今《诗刊·子曰增刊》面世，于传统诗苑，厥功匪浅。借此芳园，作者庶可致一得之思，而读者当能各依其情以自得也。

因赋小诗，聊志悃忱：

苍苍古柏绽新枝，
柳浪桃霞四月时。
春色满园兴国梦，
开心写意漫题诗。

王充闾

2012 年 4 月 8 日

致古耜①

古耜同志：

您好！

大作读过，确实很好。年年月月花如锦，总是为您的沉甸甸的文学实绩感到欣慰，感到高兴。

自从三月份接下撰写《庄子传》的任务，我就着手准备。首先是想在前两次基础上，对庄子生前的遗迹及其故里，进行第三次踏访。这样，我在五月三日出发，先后到了山东、河南、安徽，走访了多处史籍所载或传闻中的庄子遗迹，于昨天返回。从武警部队借个越野吉普车，秘书小刘和一个战士换着开，往返四千多公里。虽然忙累一些，但收获很大。通过踏勘实迹，比如传说中的庄周故里、墓地、祠庙，找到一些感觉与灵悟；在阅读学者、名家论著的基础上，又听到了民间的声音，查阅了一些地方志书，访察到不少民间传说，带回许多资料。这为下一步写作提供了一些参考内容。

看来，我的身体确实很好，这为担负这项重任增强了信心。这次南行，是非常紧张的，三日出发那天，早五点上路，晚五点到达山东菏泽，跑了一千四百公里；昨天返程中也是一千多公里，坐车也在十个小时以上。经过晚上休息，疲乏很快恢复过来。这应是长年坚持锻炼的结果。在外即便白天走很多路，早上我仍然散步。

① 古耜，本名田耒，著名文学评论家、学者。

中国青年出版社的书已经签约四本:《古代哲理诗赏析》和“王充闾散文系列”三种《说帝王》《读文人》《谈女性》，都是人物散文，每本各有三四十篇、二十多万字，估计六七月份都能出来。

充闾

2012年5月10日

致施晗

施晗先生：

手书奉到，深慰悬系。

我认真地看了样稿。觉得改的地方，绝大多数都很合适。个别不宜改的，我做了标志。看得出编辑的认真态度与很高的勘误水准。请向他们致谢。

值得商榷的是，每篇散文前面的提要式的摘记，究竟应该突出什么？要起到什么作用？我认为，应该起到画龙点睛作用，指点读者掌握本篇精神，有助于把握全篇宗旨。这样，就应该把本篇中的精彩地方，涵蕴深刻地方，闪光之处摘出来。而现在，很多篇章并未做到这一点，选择得比较随意，有的还对不上“茬口”。这是一件颇有难度的工作。它需要真正理解全篇，并能把握实质。我的想法，与其随便摘出一段，莫如不放为好。所以，我倾向统统去掉。包括全书的那句摘要：“作为一种精神力量……”我觉得并未说出全书的要领，真是不如不加，索性让读者自己去领会好了。

即颂

编安

王充闾

2012 年 6 月 6 日

致李磊

李磊来信，以古体诗或对联中的对句用法见询，并举出“风定花犹落”作为例子，希望谈谈对句方法。

回复如下。

李磊：

你好！

对句为古时写诗、撰联的基本功，前人颇为重视。国学大师陈寅恪先生就很看重这一点。1932 年，陈先生受清华大学国文系主任刘文典之托，代拟新生入学试题，其中有一道题目即为对对子，陈先生出的上联是“孙行者”（下联有的对“祖冲之”），结果舆论一片哗然，认为这是对五四精神的一种反动。陈先生不以为然，他在一封函件中说：“今日之议论我者，皆痴人说梦、不学无术之徒。”次年，他又专函进行全面论辩，列举了考试对联的四项理由：1. 可以测试应试者“能否分别虚实字及其应用”；2. 能看出应试者“能否分别平仄声”；3. “可以测验读书之多少及语藏之贫富”；4. “可以测验思想条理”。可见，这确是不可忽视的。

说到可与“风定花犹落”成为对偶的，很多很多，随便说几个，就有“鸟鸣山更幽”、“人来鸟不惊”、“潮平浪尚喧”、“梦回眼未睁”、“书成墨未浓”等。规律是：上句如果是由两个名词、两个动词（或副词、形容词）组成，下句亦应如此。古时，不讲名、动、副词，只讲虚词、实词。另外，还有平仄、韵律方面的要求。

明末清初李渔的《笠翁对韵》和康熙年间车万育的《声律启蒙》，都是专门讲授这方面知识的。对句，必须讲究虚字、实字。按传统说法，名词算实字，一部分动词、形容词也可以算是实字，其余的就算虚字。这种界限往往不是很分明的。一句诗里多用实字，显得凝重，但过多则流于沉闷；多用虚字，显得飘逸，过多则流于浮滑。唐代诗人在这方面处理得最好。

对于初学者来说，是比较难的，可以多读、多做，逐步研究、把握。

王充闾

2012 年 6 月 11 日

致王丽文

丽文同志：

大札读过。知道你正在准备撰写关于里尔克的散文，这是一项很有意义的事。对于这位20世纪大名鼎鼎的奥地利诗人，人们喜欢诵读他的诗，但认真研究他的价值观、人生观的却并不多见。你能关注他的生死观，并从他的诗歌中加以发掘，这个思路很好。

他在诗作《杜伊诺哀歌》中，宣示了这样一种观点：生与死，无须严格加以区分，不能认可一个而不认可另一个，

一切生者
犯有同样的错误，他们太严于区分。
据说天使常常不知道，他们行走在
生者之间，抑或在死者之间。
永恒的潮流始终席卷着一切在者，
穿越两个领域，并在其间湮没它们。

在他看来，真正的生命形象应该穿越两个区域，最伟大的循环之血涌过二者：既无此岸，也无彼岸，唯有伟大的统一。里尔克拒绝接受基督教那种贯穿着彻底的二元论的死亡理解。

最近，我一直在读解《庄子》。庄子的生死观，是“生寄死归”，活着时宛如住在旅馆，死去就是回家了；生，只是死前的一段过程。生与死不过是一种生命形态的变化；生死是同一的，同归于“道”这

个本体。庄子站在自然的立场上，把死看作是生命必然的归宿，是一种返真，是人类回归永恒的家园。人之向死而生、向生而死，犹如人之由寐而寤、由觉而梦；觉与梦、生与死，只具相对意义，实际上不过是生命状态、生命形式的转换而已。

庄子认为："生者死之徒，死也生之始，孰知其纪（极）！人之生，气之聚也；聚则为生，散则为死。若死生为徒，吾又何患！"人生，乃是生生死死的连环套。

庄子的观点，与里尔克的有相似之处。不妨说，两千多年后，他在西方收下了一个洋弟子。

随便说这些，或能对你研究里氏的生死观有些参考价值，起码有助于开阔一下思路吧。

王充闾

2012 年 6 月 12 日

致卢昌崇①

昌崇先生：

大函奉悉。所赐文章一一读过，很有味道，很有嚼头。身为经济学家而能撰写散文，并且出手不凡，颇不同于一般的作手，可喜可贺。

写作散文，看似易事，实则很难，要求也高。著名散文家柯灵先生说过："写散文，一靠生活，一靠思想，一靠学问。生活终究有限，所以抒情散文是不能多写的。写得多的作家，比如鲁迅，主要是杂文，那是社会批评，靠的是思想敏锐；比方周作人，那主要是读书，主要靠学问。"有了学问、思想、生活，还要懂得写作技巧，过语言关——语言对于散文，至关重要。

至于您说的议论也好，"甲乙丙丁"也好，要看文章的体例，不是一概都要排除。比如鲁迅的文章中，就经常有这种情况。同样，这篇文章中列那么几项，像老百姓掰着手指头谈事似的，并不显得"碍眼"。当然，如果是那类写景的、纯抒情的散文，就须忌避了。

王充闾

2012年7月12日

① 卢昌崇，东北财经大学经济学教授。

致李磊

李磊：

你好！承询："诗中三昧"和"诗中三味"这两个词语，到底哪个为是。你的理解是对的，应该使用前者。

宋代大诗人陆游晚年回忆，说他在"四十从戎驻南郑"时，创作上发生了巨大变化："诗家三昧忽见前，屈贾在眼元历历。"他在写给儿子的诗中，亦有"正令笔扛鼎，亦未造三昧"之句。

"三昧"一词，乃梵文的音译，语出《大智度论》。慧远《念佛三昧诗集序》："夫三昧者何？专思、寂想之谓也。"达到这种境界，则可摒除杂念，心无旁骛，全神专注。今人借用此语，举凡事物之奥妙、诗文之极致、艺术之诀窍等，均以"三昧"名之。

"三昧"的涵蕴很宽泛。北京有个《语文三昧》杂志，1999 年 4 月，我曾应邀为它作如下题词："作为民族文化的基石，语文既是科学，也是艺术，是陶铸灵魂、增长才智、把握知识、实现全面发展的基础性学科。一朝谙熟，终生受用。"在这里，我是从规律、使命角度来理解"三昧"的。

至于"三味"，也有故实可循，其义甚多，有的甚至归纳出五种讲法。但那是另外一回事了。鲁迅儿时就读的课堂称"三味书屋"，名称取自"读经味稻粱，读史味如肴馔，读诸子百家味如醯醢"的古语。

王充闾

2012 年 7 月 25 日

致李晓虹

晓虹同志：

大函奉悉。您说到黄裳先生去世了，“虽已九十三岁高龄，但仍觉得有些突兀，心中怅然久之”。我亦有同感。中国有句古话，叫“老成凋谢”，“哲人其萎”。近年，那些有学问、有创见、有影响的老辈学人，相继辞世，已经所剩无几了，思之黯然。

我同黄裳先生有过交往，他留给我的印象，是寡言少语、深沉、稳重，常常是坐在一旁静听着他人纵情谈笑，而不作一语。周汝昌先生说他“少年时健谈、风趣”，可是，年迈以后似乎不善言谈，与之面对，常常是你说他听，不然就长时间静默。大约是久历沧桑，冷对世情，淡观人事，无疑是一种高度成熟的表现。

黄裳先生富有传统文人气质，名士风流，高远的气象和雍容的风度；有真趣味、真性情：著书、藏书、游历、看戏，终身以之。尤其在散文创作方面，获得出色的艺术成就，在中国现当代散文发展史上，作出了突出的贡献。他的学者型散文，对中国传统文化的继承，对中国当代文化走向和散文发展所产生的影响，都是十分突出的。

论者认为，先生为文自由潇洒，清爽自如，其游记散文，凝山川地理、历史文化于笔端，挥洒自如，妙绪横生；记人散文善于通过琐事和细节凸现人物个性，形象跃然纸上；品书杂感随意练达，具有睿智、深刻、明澈诙谐的特色。要之，从容、沉静、理性、典雅、温润平和，收放自如，充分凸显出学者散文的品格，十足的大家风范，确是在散文创作中得大自在者。

有一件事情，给我留下深刻印象。吴晗长他十岁，“论交在师友之间”，他对吴晗是敬重的。为此，《吴晗全集》编成，编者请他作序。他在回忆了两人多次交往、倾谈之后，笔锋一转，说道：“过去我曾和朋友说起吴晗，大意是：他一直是紧跟，而缺乏自己清醒的思考，这是他的缺点。历次运动，直到‘反右’，他只是以一个忠顺的政治棋子活动。……直到《海瑞罢官》，陷入自己也莫名其妙的政治旋涡，终于死去，真是一个悲剧。”这是很难得的，一般人做不到。比较普遍的做法是，为人作序多拣好听的说，这一点连古人也难免，何况斯人已逝。由此，也可见黄公的骨鲠与刚直。

王充闾

2012年9月6日

致李磊

李磊来信，说读了元稹的诗句“曾经沧海难为水，除却巫山不是云”，很受感动；可是，经过实际考究，情况并非如此。记得邓晓芒有一本书，叫《灵之舞——中西人格的表演性》，那么，所谓文学，是否都有表演性呢？

答复如下。

李磊：

你好！

你提出的这个问题很有意思，也很有深度。你是从“表演性”的角度来解读的；其实，还可以从“是否文如其人”这个视角来剖析。

中国传统观念，强调文如其人，主张知人论世。孟子说了：“颂其诗，读其书，不知其人可乎？”但是，这种观点在西方却遇到了挑战，许多人都认为，文，未必如其人，也不必如其人。他们还举出大量实例加以验证，最典型的是法国的大思想家卢梭。

卢梭在思想史、文学史上的地位高不可攀，但是，他的为人却是极差的——不讲道义，不知感恩。他出生不久母亲就去世了，十岁时，父亲因被通缉逃亡不归，结果，他在华伦夫人家里生活了十四年。可以说，没有华伦夫人在生活上的照料和经济上的接济，就不可能有后来的大思想家卢梭。华伦夫人堪称是卢梭的“守护神”与生命线。但是，正是这位把金钱和精力都奉献给卢梭的华伦夫人，晚年下场十分可怜，最后贫病交加，饿死在病榻上。她曾两次向卢梭求救，卢梭都置之不理。

在中国，由于有儒家的孔孟之道作指导，讲究“言必信，行必果”，心口如一，表里如一。大多数情况下，人与文是统一的。当然，也有例外，不然，怎么会有“文人无行”的说法呢？元稹是比较典型的一例。

王充闾

2013 年 1 月 13 日

致陈平原

春节期间，著名学者、北京大学中文系教授陈平原、夏晓虹伉俪，发来邮件贺岁，并附有多幅他们摄于海南三亚的照片。

敬复如下：

陈、夏二位教授：

您们好！

手奉大札，感慰何限。看到二位那么多充溢着雅兴、豪情，映衬着南国旖旎风光的照片，心神为之一振。

良辰美景，赏心乐事，碧海蓝天之中，点缀上两位“神仙中人”，快何如之！在下恨不能肋生双翅，扶摇直上，赶赴天涯海角，追踵先生足迹，共此乐游也。

祝二位新春快乐，在新的一年中创造更多的文学硕果。

岁末无俚，率成一律，寄呈方家，借博一笑：

行藏奥蕴任猜评，暂息蘧庐待岁更。
仕宦碍难存至性，耽书端可慰平生。
云鹂鸿鹄高天侣，燕树湘兰大雅情。
鸥鹭不争车马道，梅魂蝶梦伴鼾声。

事有凑巧，恰在此时，收到中国青年出版社年轻编辑李磊的电子邮件，要我推荐几位散文名家，待发函约稿，我立刻写下了“平原君”与“丹青引”（陈丹青），并把先生的邮箱转告她了。这样，我便以同样急切的心情，期待着先生的大作。

王充闾

2013年2月4日

致李磊

李磊来信，说："看到一个外国的媒体说，'中国是在现代对世界文化没有贡献的国家'，他是说，在文化的各个层面，中国都没有贡献。想想看，也许是这样。那么，这是什么原因造成的呢？"

答复如下：

李磊：

情况并非像外国人说的那样。即便有些情况如此，也不是像有的人所说的"由于思想的限制而不得发展"，主要应该归因于后现代、技术化的社会环境，人们心情浮躁，专走捷径，谁也不肯下苦功去钻研问题，刻苦做学问。许多人在娱乐中、休闲中、享受中过活。过去说，"十年磨一剑"，现在谁还干这等"蠢事"！可是，话又说回来，那些大师级人物、真正的艺术家，哪个不是这么过来的？

大学问家不说了，就连唱戏，也莫不如此。京剧《抗金兵》，梅兰芳先生扮演韩世忠，要助梁红玉"三通鼓"。当时他们住在武汉宾馆里，为了练打鼓的硬功，又不致影响他人休息，梅先生便在自己的大腿上，抡起鼓槌不停地打，以致两腿红肿不堪，无法下楼。现在，谁还会这么投入，这么练功？那些歌星、舞女，只靠一副好嗓子、一个好身段，吃"青春饭"，至多以做上个本色演员为满足。

其实，也不独中国如此，世界其他各地也好不到哪里去。"滔滔者，天下皆是也。"不然，为什么外国也不再出现歌德、马克思、爱因斯坦呢？当今之世，布满文坛、艺苑的，多的是明星、大腕、走红的玩家。

除了受社会环境影响，一些人之所以心态浮躁，尚虚荣、走捷径、搞表面化、做样子活，也和整天“触电”有一定关系——电视、网络的时兴，在给人们提供海量信息、带来巨大方便的同时，也产生一定的负面影响。这个问题比较复杂，几句话说不清楚，可以参看美国南加州大学安嫩伯格·诺曼·利尔中心高级研究员尼尔·加布勒发表在《纽约时报》上的一篇文章。摘要如下：

> 从前，思想可点燃辩论的火焰，激发不同的思考，引发革命和根本改变我们的世界观。思想能够渗入大众文化，让思想家名扬世界——尤其是阿尔伯特·爱因斯坦，还有莱因霍尔德·尼布尔（美国神学家）、丹尼尔·贝尔（美国社会学家，其著作对美国政治经济有很大影响）、贝蒂·弗里丹（美国作家、社会活动家和女权主义者）、卡尔·萨根（美国天文学家、宇宙学家）和斯蒂芬·杰伊·古尔德（美国古生物学家、进化生物学家）等。其思想本身就可以闻名于世。
>
> 如果当今我们的思想似乎变小了，不是因为我们比前人愚钝，而是因为我们不像他们那么在乎思想。实际上，我们生活在一个思想日趋式微的世界——在这个世界上令人深思的大思想，如果不能很快转化为金钱，其内在价值就微不足道，结果造成产生这样思想的人和传播这样思想的出口越来越少，尽管现在有互联网。大胆的思想几乎已经过时。真正原因可能在信息本身。我们现在知道的信息超过以往任何时候，在这样一个时代，我们思考得就少了。这似乎有违直觉。我们生活在受到大肆吹捧的信息时代。借助互联网，我们想知道什么似乎马上就能得到信息。我们肯定是有史以来获得信息最多的一代人，至少在数量上是这样。这就是问题所在。过去，我们收集信息不只是为

了了解情况。那只是开始。我们收集信息也是为了将其加工升华，变成更有用的东西——将信息融会贯通变成思想。我们过去不仅试图了解世界，而且力求真正理解世界，这是思想的主要功能。伟大的思想为我们解读世界和相互解读。马克思指出了生产资料与我们社会和政治制度的关系。弗洛伊德教我们探究自己的心理，作为理解我们感情和行为的一条途径。爱因斯坦改写了物理学。这些思想使我们能够思考自己的存在并试图回答生活中令人畏缩的重大问题。

信息对思想来说，曾经是有用的材料，然而过去十年信息已成为思想的竞争对手。我们就像农夫有太多的麦子需要加工成面粉。我们淹没在浩瀚的信息中，即使有心也没有时间去加工提炼，而且我们大多数人也不想去做。这个思想式微的世界与社交网络世界同时出现绝非偶然。尽管有一些传播思想的网站和博客，但是最普及的网站基本上是信息交流网站，旨在满足贪得无厌的信息欲望，然而这基本上不是能够产生思想的那种信息。除了充其量让得到信息的人觉得了解了情况外，这种信息基本上毫无价值。

所有的思想者都是信息过剩的牺牲品，而当今思想者的思想也是信息过剩的牺牲品。

王充闾

2013年2月18日

致王先霈

先霈先生：

大作《问学日记》收到了，谢谢。

书中所记，尽管已是四五十年前的往事，但今天读了，仍然感到十分真切、亲切、剀切，既有文学价值，又具史料意义。雪泥鸿爪，记史存真，功莫大焉！

我还想到，在您记下第一笔日记时，不过二十四岁，就是说，大学毕业不久，就有机会到北京进修，听名家讲课，看了那么多的好电影、好图书；而我在高校毕业之后，适值“大跃进”、三年困难时期，日夜在农村深翻、垦荒，连续多少天抗洪灾、堵决口。人生际遇之不同，有如此者！当然，我还感到“知足”，有的同学在学校里，就被拔了“白旗”，甚至戴上“右派”帽子，眼睁睁地看着被押出校门，到劳改大队去接受劳动改造。

在我国南北朝时期的哲学家范缜看来，人生的命运是偶然决定的。他同竟陵王萧子良有这样一段对话（译文）：

子良问：您不信因果关系，那么，世间之人，何以有的富贵，有的贫贱？

范缜答：人生譬如一棵树上的花朵，从同一根树枝上生发出来，都有一个花蒂。这些花被风一刮，纷纷落下，有的穿过窗帘，掉在褥垫之上；有的经过篱笆，落在了粪厕边。掉在褥垫上的，就像您王子；落在粪厕边的，就像

我范缜。人的贵贱虽有不同，但因果报应却看不出究竟在
哪里。

一切都充满了悖论，充满了未知数，似乎有一只看不见的手在背后拨弄着，似乎冥冥之中存在着一种决定人一生命运的神秘力量。

顺口说来，姑妄听之吧。

即颂

教安

充闾

2013年3月7日

致李磊

李磊：

来函收读。知你学习《庄子》用力甚勤，而且有许多独到的理解，甚感欣慰。

除了你讲到的几点，还有庄子对于人情世故确有实际而深入的体会。

《天运》篇讲："忘亲易，使亲忘我难。"这里包括双层寓意：从父母角度讲，舐犊情深，人情之常，所谓"儿行千里母担忧"；而作为子女，若要做到不使父母牵挂累心，得以顺情适志，实非易事。

庄子还说："有弟而兄啼"——兄弟同母，母亲必须等到断奶之后才有可能孕育弟弟。哥哥认为，父母舍长而育幼，已经失爱于双亲，因而啼哭不止。

庄子关于"外重者内拙"的论述，也非常有趣，而且涵蕴深刻。他以赌博为例：

> 用瓦块作赌注的，心地从容应对，毫无负担；用衣带钩作赌注的，因为有一定价值，这时心里就有些紧张；而用黄金作赌注的，心神就会紊乱，因为或输或赢，关系至大。本来，无论哪种情况下，人的技巧都是一样，并没有发生变化；可是，由于有所顾惜，思想里加重了负担，便对外物分外重视。而凡是重视外物的人，内心就必然笨拙。
>
> ——《达生》篇

联系到国际球类比赛，我国的运动员总是内心负载过重，心理承受不了，似乎十三亿人都在那里盯着他——由于上层领导与广大观众带有过高的期望值，过强的功利心，仿佛一场球赛打赢还是打输了，直接关系到整个国家的前途、命运。在这种情况下，临深履薄，心怀惴惴，技艺再高超，动作再熟练，也难以充分发挥出来。还有一种常见的事例：就是外科医生操刀，给重要人物或者至爱亲朋做手术，尽管技术十分高超，而且倍加认真对待，但由于心理负担过重，有时是越怕出纰漏，偏偏就出了纰漏。看来，面临重大抉择时，往往失手，不是失给对手，而是失给自己，败在了内心的“在乎”。

庄子还有一句十分深刻的话：“室无空虚，则妇姑勃谿”。意思是生活中应该留有空间以容其私，室内如果没有一点空隙，私人生活空间非常狭小，时刻都好像处于被人监视之下，一点回旋余地也没有，这样下去，婆媳间就免不了要互相吵架、争斗。如果延伸一步，放大到一般的人与人之间的关系，理想境界似乎是“亲密无间”。这样就好吗？恐也未必。两人若是过于亲密，一点距离、一点空隙、一点差异都没有了，彼此间的一切都是公开的、同一的，私人空间完全丧失，其结果是物极必反，反而会使亲情、友情化为乌有，最后会导致疏离与破裂。

随便说说，供你参考。

王充闾

2013年3月10日

致李磊

李磊：

你好！

承询工作方法与做人准则，分两点回答：

先说当领导时我对下属的培养。工作之外，我很少与下属直接打交道，诸如谈话、训诫、教育等，因为我没有那么多的时间，工作之余，我要读书、创作。所说培养、指导，都是靠做榜样，靠公道正派，靠聪明才智，使大家认可。所谓“其身正，不令而行”；“桃李不言，下自成蹊”。我的口碑很好，这是人所公认的。我不在乎选票，也不恤人言，谁说好说坏，凭他去说。像庄子讲的：“举世而誉之而不加劝，举世而非之而不加沮。”我没有任何个人打算，也不希图从中收获什么，因为我什么也不需要。

再说你自己。我认为你这样做——不投靠任何人，靠自己的本事，很好。用不着去巴结谁，主要是靠自己努力。自己行了，有真本事，成为他人代替不了也撼动不了的强者，那就怎么做都好，何须借托他人！否则，一切依靠别人，围着他人转，成天看人家脸色行事，即便是亲朋、挚友，待到情况一变化，就像藤萝绕树似的，树一倒，自己也就轰然垮台了。

王充闾

2013年3月28日

致范培松

苏州大学文学院教授、博士生导师范培松先生来函称，苏州市相城区黄桥镇邀请我前往采风、观光，希望能够为那里“留下一些诗文翰墨”。回函表示感谢，并陈述近期不能成行的衷曲。

培松先生：

您好！

近期，我正在突击撰写全国重点文化工程《中国历史文化名人传》中的《庄子传》，三四个月内还抽不出时间前往拜访。敬请转告黄桥镇诸位同志，多予鉴谅。深深感谢他们的隆情盛意。

先生大作，我认真读过，清思妙绪，沁人心脾，允称佳构。读过您所描述的黄桥景区的散文之后，我突发奇想：应该遴选出一个“黄桥八景（或十景）”，并配上一套通俗易记且有文采的诗词题咏，以悦观瞻，以壮行色。这对于提高当地知名度，特别是整合旅游资源，至关重要。翻开从前的地方志，可说是无处无之；只是今人忽略了这个形式。应该说，老祖宗是很有宣传、鼓动办法的。

根据您在文章中所写到的，现把我构思的两处景观（荷塘逸趣、湿地幽情）绝句，送呈一阅：

香色荷塘美尽收，黄桥清景耀神州。
芳堤锦栈通文脉，一塔凭临望虎丘。

野趣荒情得味真，鸥翔鳞泳挹清芬。
轮蹄不到尘嚣远，悦性怡神认本根。

充闾

2013年4月7日

致孙昌武

孙先生：

您好！

您说的感觉时间紧迫，实获我心。大约人过了六十岁，这种感觉就日益强烈，所谓“岁月疾如下坂轮”。幼年读到孔子说的“日月逝矣，岁不我予”，完全没有体会；现在才明白了。说明读书必须结合生命体验，才能理解深刻。

愚意，美国大学邀请，一定要去，再忙再累也要去，因为极为难得。我偶发奇想，您应该考虑写一部学术回忆之类的作品，把您四十年来访学、讲学、治学的经历、体验、感悟，认真仔细地整理出来。这对于后学，对于读者，都是十分宝贵的财富。不知您是否有日记或札记，如果有就省事了。您可找个助手帮助弄一下。

《庄子传》刚刚完成初稿，二十篇，三十万字；经过修改、加工，三个月内可望完成。

王充闾

2013 年 4 月 13 日

致俞晓群[1]

晓群先生：

您好！

惠示奉悉，多谢关注。

诵读宏文，恍如面对，饱享亲切而又精美的精神大餐，乐何如也！看后，心头立刻涌出四个字："真才子也。"

在国内出版家、编辑家中，我特别爱读您和沈昌文先生的文章。沈公阅历丰富，情怀雅淡，蕴藉而有风致，发而为文，自然"咳唾成珠"。您的文章既有他的特长，又增添了学识的滋养、见解的超拔、论断的深刻，汪洋恣肆，酣畅适意，读来心胸为之一快。钟叔河先生的文笔也好，在编辑家中也占有很高地位，但至今尚缘悭一面。

现代出版家中，人才辈出，指不胜屈，可惜都已作古；至今尚活跃于文坛上的，当以您三位为出色当行，而您又是最年轻的，因而尤其引人注视。

拙著《逍遥游·庄子传》，近日已经"中国历史文化名人传"编委会审定、通过，评价不错。西北大学博导黄留珠教授审读意见为："庄子是中国文化思想史上一位巨星级的人物。长期以来，有关研究庄子思想的论著，可谓汗牛充栋，但关于他本人的传记作品，却不多见。人们转来转去，似乎很难跳出司马迁所撰《史记》关于庄周论述的框架，搞出一点新东西来。王充闾先生撰著的《逍遥游·庄子

① 俞晓群，著名出版家、学者，海豚出版社社长。

传》一书，可以说彻底打破了这样的局面。该书以全新的视角、生动优美的语言，为我们展现出一个有血有肉、生活于两千多年前的庄老夫子，使我们有幸在21世纪的今天，还能够如此拉近同这位文化巨人的距离，了解他的成长过程、思想轨迹和性格特点，了解他的重大贡献与巨大影响。应该说，在我所读过的有关庄子的论著中，王书是一部相当出色、极具个性特点的上乘之作。通观王先生的《庄子传》，似可用以下二十四字予以概括：主题鲜明，征引丰富，论证细密，理解透彻，总结到位，文字优美。”

作家出版社也已审读完毕，国庆后即可面世。届时当尽先送上，请予赐教。

再次申抒怀想、钦敬之情。

即颂

编安

王充闾

2013年8月28日

致徐南铁

徐南铁先生：

您好！

接读大札，无任欣慰。多年来，承蒙寄赠《粤海风》这一上乘文化期刊，至为铭感。际兹刊满百期，谨奉上小词一首，遥相祝颂。

再次表示诚挚的谢意。

致

礼！

王充闾

2013年10月14日

金缕曲

《粤海风》百期矣，词以贺之。

文苑纷如许。《粤海风》高张胜帜，刊林独步。装点羊城花照海，拼却百期辛苦，赢得了佳评无数。文化批评经世务，粲珠玑，快意说今古。看试手，拓新路。　神州健笔夸翘楚。畅襟怀，扬清激浊，更无他顾。历雨经风寻常事，守正不移有素，但江阔潮平稳渡。芳信天涯播近远，总关情，爱此青青树。兴国梦，春长驻。

致李树喜[1]

树喜先生：

您好！

奉手书，十分高兴。

所赐诗文，均已拜读。诗篇如黄钟大吕，铿锵作响；文章持论公允，特别是指出《汉书·苏武传》在选入中学课本时遭到删节问题，所论尤为精辟，极有见地。

其实，所谓“为贤者讳”，不独今日为然，可说是无代无之。明代有张和仲者，著《千百年眼》，专论史事，其中提到：“苏子卿（苏武字子卿）娶胡妇，卒蒙后世訾议。私窃疑之。”“宋建炎中，有朱勣者，以校尉随奉使行人，在粘罕所，数日便求妻室，粘罕喜，令其自择，勣择一最陋者，人皆莫晓，不半月，勣遂逃去。人始悟其求妻以固粘罕，使不疑——受其陋者，无顾念也。子卿之妻于胡，得无朱勣之见耶！”娶妻生子，原本人情之常，偏要曲为之辩，还要引述史事，加以证明，纯属多此一举。

这种情况，自古已然，于今为烈。孟子说：“尽信书不如无书。”古人讲究春秋笔法，为尊者讳耻、为贤者讳过、为亲者讳疾；今人则从政治需要出发，同样为“高大全”的角色讳耻、讳疾、讳过。苏武属于富有民族气节的英雄人物，自然要让他通体完美，不容有半点瑕疵——连正常的迎娶胡妇，都被看成“白圭之玷”。

① 李树喜，作家、诗人，中华诗词学会副会长。

这里有个事实正确与义理正确之别。古人所谓“秉笔直书”，一般人将“直”理解为依照原样，实际上，“直者，正也”，而“正”往往与政治伦理、儒家义理相通。

匆上。即颂

文安

充闾

2013 年 10 月 20 日

致韩春燕

渤海大学韩春燕教授写了一篇评论我的散文的文章，并且附有一篇作为辽西文化建设工程组成部分的关于辽西作家群的论文，里面以很大篇幅谈论拙作。

看后回信：

韩教授：

您好！

大作读过，深受启迪与鼓舞。谢谢您的关注。

过去，人们普遍的印象是辽西文化土层很薄，不仅经济发展比较缓慢，以文化论也属于欠发达地区。现在看，其说未必确切，主要是缺乏开掘与整理。现在，有了您主持的这一文化建设工程，牵引也好，推毂也好，不仅大大助益于当今，更可垂功于后世，善莫大焉！

就这项文化建设工程，我想提三点补充意见：

一、文学研究队伍中，尊著中谈到几个方面，窃以为，渤海大学文学院这一辽西文学重镇，似应作为重要组成部分列进去，渤大校内确有几位活跃于当今文坛的学者、作家、文学评论家。

二、如果有人把辽西地区的古代文化群落（比如朝阳一带的“三燕”慕容家族、医巫闾山辽金元时期的耶律家族等）好好发掘一下，可能有助于文史方面的基础性研究。

三、似应注意一下辽西民俗文化研究，比如北镇一带的满族文化，锦州市有一位民间学者王光，她就是专门从事此项研究的。

四、对于传统诗词写作，似也应该纳入进去，我知道的锦州市内就有两位诗词写得不错的，一是徐长鸿，一是顾节维；葫芦岛还有个毕彩云，古诗词修养也不错。《诗刊》过去专发新诗，自年初始，又增办一份诗词杂志，名为《子曰》；各省有些诗歌杂志，也都开辟了诗词专栏或专版。

另外，除了文中提到的，文学评论家中，应写上艾荫范；诗人部分应加上萨仁图娅、高深（现在北京）；小说家中，应加上玛拉沁夫、王占君。

关于闾山的辽文化，过去我写过一篇文章《自将磨洗认前朝》，从一个侧面说到了耶律家族。

王充闾

2013 年 11 月 2 日

致古耜

古耜同志：

您好！

您已进入学术研究猛晋期与成熟期，现正处在出成果、攀高峰的最佳状态，实在为您高兴。过去一度为您不做《都市美文》主编感到惋惜，现在看，不做就对了；否则，终日营营，函电交驰，编务缠身，应接不暇，实在影响您静下心来开展学术研究、撰写文史论著。当然，过去也不是没有看到这一点，只是在责任感、事业心驱动下，您不能不投入巨大精力于这个刊物，也是不得已而为之。

无疑，您抛开编务，抽身而去，会在一定程度上对散文界产生影响，这也是无可奈何的事。熊鱼不可兼得，自古而然。但是，寻觅一个优质、合格的主编，固属不易，不过终究可致；而造就一位学术天才，却需主客观多方面提供条件——除了时代氛围、社会环境，还需要本人天赋、气质、刻苦努力，这可就戛戛乎其难也。

经过一年半的全力拼搏，拙作《逍遥游·庄子传》即将问世，据说同时出版的共十部。待到手后，定当尽先奉上，静候指教。

充闾

2013 年 11 月 19 日

致李磊

李磊：

你好！

来函阅悉。承询：亲友、同志间如果专业、兴趣不同，如何开展思想、文化、学术交流问题。这是一个比较复杂的话题，怕是三言两语说不清楚，只能概括地谈点个人看法。

我觉得，这里有三点：

一、人在青壮年时段，各有所注，各闯前程，交流虽有必要，但往往倾谈、商讨机会并不多；中年过后，事业、学业基本都定型了，也没有年轻时那种锐气、奔劲了，更多的是品味人生、总结经验，这时交流显得十分必要，而且也会更自觉地进行。一般认为，不同专业、不同兴趣的人，交谈起来，不容易取得共识。其实，这有点绝对化，也还应注意到，这种异质交流也有其发挥互补作用的一面。两个旅人，一登山，情满于山；一观海，意溢于海，到在一起，各谈所见、所思、所感，会比同游、同历、同质的交谈，更为丰富多彩。

二、年轻时，眼空四海，壮气冲霄，事无不可为，志无不可立，惯于挑剔，耽于理想，求全责备，追求完美；四五十岁以后，"淡装平步入中年"，心境变得平和了，对人对事能够从实际出发，相对宽容一些；看问题比较客观、全面。这样，互相包容，互相理解，互补作用也可更有效地发挥。

三、人生宛如河流，江之始出，狂奔怒啸，人在青少年时，也是

“意气筝云”；人过中年，就像江流入海之际，心境宽广，静观默察，一如浅水浮花，波澜不惊。如能平心静气地坐下来交流所见所闻、所知所感，话题会更丰富，谈资更有助于借鉴，益处可能更多。

王充闾

2013 年 12 月 26 日

致向平

向平同学：

谢谢你的信任。

说是题词，未必称得上，就算作一点希望吧。

年轻是财富。但富有者可能照样空虚；只有同知识、智慧结合起来，才可称为充实。古人云："充实之谓美。"

同样，智能设备的普及，并不必然带来国民素质的提升；我们应该通过经典阅读，锻造思想的营养钵。思想之花，是永不凋败的。

为此，我们应该守得住精神的宁静，始终与好书为伴。通过读书，让心灵得到充实，得到寄托，得到净化，得到重塑。

王充闾

2013 年 12 月 28 日

致马瑞芳

瑞芳女史：

您好！

《蒲松龄传·南游作幕》一章（初稿）看过，写得灵动、俏皮，尽现蒲翁丰采。特别是下面这一段，分析得最为深刻，也最有情趣，同时也揭示了《聊斋》一书成功的杼轴与诀窍：

> 蒲松龄身上有个特别现象，人生和爱情在他心中有两种完全不同的解释：
>
> 他数十年守着的，是不识字或识不了多少字的糟糠之妻，数十年向往的，是出口成章、吟诗作赋的风雅女性；
>
> 他数十年对着的，是只知道柴米油盐的荆钗布裙，数十年向往的，是环珮叮当、妖娆可爱的国色天香；
>
> 他数十年过着的，是粗茶淡饭的百姓生活，数十年向往的，是娇妻美妾、富贵神仙的逸乐生涯。
>
> 当现实生活不足时，想象就来建立空中楼阁。于是在聊斋故事里：
>
> 穷书生因为有才能，把龙宫驸马做上了；
>
> 穷书生因为有才能，一举成名天下闻；
>
> 穷书生因为有才能，花妖狐魅化成的美女送上门来。
>
> 弗洛伊德说："梦是愿望的达成。"聊斋中"飞黄腾达"的穷书生，花妖狐魅变成的美女，只不过是穷秀才蒲松龄

的白日梦。

另外，文中说到了“弯环八法”，除了所指出的欧阳询的“八法”，书坛上还有“永字八法”之说——“努”是其中的第二法。“弯环八法”所指，似应为“永字八法”。颜真卿有言：“努，弯环而势曲。”未知确否，仅供参考。

王充闾

2014年1月26日

致康启昌

启昌同志：

您好！

承询苏东坡“想当然耳”一语的来龙去脉，敬复如下：

苏东坡二十一岁那年，应进士试，写了一篇《刑赏忠厚之至论》的试卷。当时是由大文豪欧阳修来主持这次礼部考试的，他聘请诗人梅圣俞负责阅卷。梅圣俞看过这篇文章后，以为有“孟轲之风”，便把它推荐给主考官欧阳修。博学多识的欧阳修，看了也非常欣赏，但对于文中所举帝尧与皋陶对刑法的互相制约的例证，不知出自何处。于是，当苏东坡前来拜见时，便问他出自何书。东坡笑道：“想当然耳。”宋人遂将此事作为逸话流传。

原文是这样的：“当尧之时，皋陶为士。将杀人，皋陶曰“杀之”三；尧曰“宥之”三。故天下畏皋陶执法之坚，而乐尧用刑之宽。”用现代口语来表述：尧当政时，皋陶是掌管刑法的官。要处死一个人，皋陶三次说当杀，帝尧却一连三次说应当宽恕。所以，天下人都害怕皋陶执法之坚决，而赞美帝尧用刑之宽大。

顺颂

年祺

充闾

2014 年 2 月 2 日

致王向峰[①]

向峰先生：

您好！

大作《乘文字以自得的逍遥游》确是一篇妙文，文法上极有讲究，有如渔人入桃花源，开口小，而着眼者大，从语言角度切入，实际上要大大突破这个樊篱，又能抱紧主题，集中突出。

非此知音妙赏，不足以语《庄》之奇文胜义，也只有此真能解读传记作者之苦心孤诣。它有两个明显的指向，或曰现实针对性：现实中散文无文现象已成通病，针对这一点作文章，极具吸引力、指导性；当今文学界写评论，往往大而无当，泛滥无归，不看作品，隔山买牛。

本文可说是一个文评的范本：（一）紧紧抱住《庄子》与《庄子传》，语语都有着落，看得出作者对于庄子与庄传理解之深、钻研之透，否则是难以臻此境界的；（二）把评论庄传与研究庄子扣在一起，四个题，句句讲的是庄子（形象、精神）和《庄子》（悟道、释文），而着眼点却全都是《庄子传》；（三）评论抓住了几个最重要的方面，立足点高，体大思精，洋洋洒洒地写出来，堪称龙门得意之笔。

说是立足点高，体大思精，表现在三个方面：一、《庄子》是古代散文的标杆，从它身上（包括庄子传记）做文章，有代表性、说服力；二、运用西方美学理论和《文心雕龙》作指导；三、跳出一般的

① 王向峰，著名学者、作家、教授，北京师范大学博士生导师。

研究语言文字的路数，不在具体技法、章句上花费笔墨，而是荡开思路，放眼更广泛的视界，指出为这类伟大哲学家、思想家、文学家作传的规律，下面这段话十分精彩：

> 庄子是一个文本，是一个超然浩阔的诗意哲学的文本。在他的面前有投入与借装点两种态度。前者是以庄子哲学铸情化性，后者是打着庄子旗号逐风捉响。充闾在书中对于那些假逍遥均有深刻的批判。事实证明，解读庄子必须具有超然物外的逍遥之情，洞彻是非的智者之知，否则必是言与志反，文不足征。关于这一点，刘勰在《文心雕龙·情采》中早有说明："故有志深轩冕，而泛咏皋壤；心缠机务，而虚述人外。真宰弗存，翩其反矣。"而阐发庄子自由观的充闾，全在于表己之意；与那些'心缠机务'，而以庄子之论为巴结权要的敲门砖者，为伪装衣者，实有天渊之别，云泥之判。

总之，不是对庄子深知深解，不是对传记作者深知深解，不是同传主以及作传者同鸣共振、并驾齐驱，是绝对写不出这样高妙的文章的。

充闾

2014年2月10日

致侯军①

侯军先生：

您好！

元月六日的大札和精装的著作《淘书·品书》都收读了。在挂过电话告知之后，觉得意犹未尽，尔后又补写了这封函件。

我十分欣赏您的文笔，五十几篇文章，唰——唰——唰，从早到晚，一个整天就全部读完了。就中的《如捉迷藏似的遇合》与《芸斋的来信》，我都反复地看过再三遍。前者因为黄裳先生我有过交往，一年半以前驾鹤西归，顿兴“君子云亡”、“老成凋谢”之叹；而后者孙犁先生作古已十有二年，虽然心仪已久，却素乏一面之雅，深悔昔日我们聚首津门时，未能在您的导引下，主动登堂拜会。于今，仙踪已杳，永远没有补偿的机会了。苍苍者天，曷其有极！

孙犁是个独特的文学现象。过去我们联床共话、促膝倾谈时，曾经多次提到孙犁先生。除了服膺他的清新的文笔、优美的形象、凝练的语言，更多的还是尊崇他高尚的品格与节操。他视富贵如浮云，淡泊名利，自甘清苦，恪守“文者，寂寞之道”的生命格言。有人说他“如清冽的山泉，清辉的素月，山野自生自灭的花草”，信然。

您在书中提到天津日报门前他的汉白玉雕像、白洋淀里的荷花园，我想，最需要的还是办好一座孙犁先生纪念馆。若是有人能够把

① 侯军，资深报人、文化学者、散文作家，深圳报业集团副总编辑。

他生前说过的名言隽句整理出来，尤所至要。

比如，下面这些话：

“美丽的梦，只有开端，只有序曲。”

“人的一生，真正的欢乐在于童年。成人以后的欢乐，就常常带有种种限制。”

“几乎所有的人都难忘儿时的往事。幼年的感受，故乡的印象，对于一个人，尤其是作家，是非常美好的东西。正像语言对于婴儿的影响。”

“彩云流散了，留在记忆里的仍是彩云。”

“女孩儿心中，埋藏着人类的多种美德，这些美好的东西，随着她们的为生活操劳，随着人生的不可避免的达尔文规律，逐渐减少，直至丧失。我直至晚年，才深深感到其中的酸苦滋味。”

“我不知道，我现在看到的是不是我青年时所梦想的，所追求的。我没有想再得到什么，只觉得身边有很多的累赘……我时常想起青年时的一些伙伴，他们早已化为尘灰，他们看不到今天，我也不替他们抱憾，人有时晚死是幸运，有时早死也是幸运！”

“采道德之理，述性命之情，发天人之奥，明死生之变，此论理之文，如列御寇、庄周之作是也；别黑白、阴阳，要其归宿，决其嫌疑，此论事之文，如苏秦之所作是也；考同异，次旧闻，不虚美，不隐恶，人以为实录，此叙事之文，如司马迁、班固之所作是也。”

“无论什么著作，凡是有实践经验的人写的，如果他是一个诚实的人，不存自欺欺人之心，这书一定有价值，可借鉴，能流传。”

“凡是鉴赏家，收藏家的话，都不及画家本身的话动听感人。”

……

此事，如您能专任其劳，实乃文坛之一大幸也。

即颂

年祺

王充闾

2014年2月13日

致欣力

欣力女士：

您好！来信收悉。

我一直以为您在北京，原来竟在扬州！怪不得自称“骑鹤江湖主人”。扬州可是人间佳地，您真会找地方。不是说“天下三分明月夜，二分无赖在扬州”吗？元宵节到了，正可欣赏当头明月。

至于“骑鹤”，讲究就更多了。自古以来，富贵、神仙就是不可得兼的，可是，宋代僧人道颜富于幻想，却要“快骑骏马上高楼，南北东西得自由。最好腰缠十万贯，更来骑鹤下扬州”。扬州专有一处古迹，叫骑鹤楼，南宋诗人宋伯仁登楼慨叹：“醉倚阑干独黯然，淮南不比数年前（意谓金兵入侵，淮南已成边塞）。只宜跨鹤翩然去，休说腰缠十万钱。”他后退了一步，只要能翩然远引，即使腰间无钱也认可了。陆游就更洒脱一些，但也谨记着故乡，到底还是诗人气质：“骑鹤翩翩过月傍，浩然风露九秋凉。忽闻卷地潮声起，始觉江山近故乡。”

信中说到你的处世方式——“我一直不在文学圈内，对那些文人间吵架的事也不大听说。我现在跟各阶层人士在一起又不在一起。总之能吸取营养，有灵感，不受干扰地做点有意义又有意思的事就满意了。”对此，我也特别欣赏。

一般地说，人们处世有两种态度：多数人抱着积极入世的态度，热爱生活，追逐名利，积极进取，奋发有为，历代儒家所宗奉的正是这样一种处世方式，庄子叫作“游方于六合之内”。与之相对应的是僧侣或者隐士所抱持的出世态度，他们不预世事，洁身自好，淡泊无为，秕糠尘世，远离人群，“跳出三界外，不在五行中”，庄子称之为“游方于六合之外”。而庄子所奉行的却是介乎两者之间——“游于世而不僻，顺人而不失己”，既不是“丧己于物，失性于俗”，与世浮沉，又能与众生同游共处，但要坚持自我的价值取向，实现精神对现实的超越。庄子把这种处世态度叫作“间世”。概言之，儒家是执着、热衷，释家是逃脱、观望，道家是散淡、逍遥。

庄子在《养生主》篇，讲了“庖丁解牛”的故事，其中的“以无厚入有间”，正可作此注脚。当代学者张远山认为，庄子把普通厨师暗喻为入世者，他们与世界之牛硬碰硬，生命之刀用一个月就坏了，可见入世者最是自戕性灵；庄子又把聪明一些的厨师暗喻为出世者，他们在世界之牛的边缘实行“软着陆”，生命之刀使用的时间较长，性灵的磨损也较少，但用一年也坏了。庖丁作为“间世主义”者，却在骨肉筋脉之间寻找空隙，使没有厚度的生命之刀在有空隙的世界之牛身上游刃有余——所以庖丁的刀用了十九年，解了上千头牛，性灵毫无损耗，完全像新的一样。可以说，庄子的整个思想，都是以间世思想为根本核心的。

庄子认为，一个间世者的自我设计，是“处乎材与不材之间”。他以树为喻，一棵树长得笔直，成材后就会被砍下来造房子、做家具——这就成了器，成器对用器者是有益的，但对树本身却是有害的。成器意味着树的丧生和天性的扭曲。反过来也不好，如果一棵树一开始就长得歪歪斜斜，那么不仅没人给它施肥浇水，而且不等长大就会把它砍下来当柴火烧掉。如果把有智慧的人比作一棵树，那么这棵树就应该处在成材（喻入世）和不成材（喻出世）两者之间：一开始看上去像是能成材的样子，让人们给这棵树浇水施肥，盼着树赶快成材，尽快成器。但树长到老大，总是不能让人完全称心：砍下来派大用场吧，恐怕不能成器；砍下来烧掉吧，又舍不得——说不定再长两年能成材呢？于是，这棵树就能一直不受干扰地生长下去，甚至被当作“社树”，被人供奉起来，终其天年。

王充闾

2014 年 2 月 14 日

致马瑞芳

瑞芳教授：

您好！

谬承推毂，感与愧并。当今蒲学本身就是“显学”，据说，小平同志生前深喜《聊斋》，朝夕把卷，爱不释手；而您，作为《蒲松龄传》作者，又是当今海内外著名的蒲学专家，宜其编委会评价之高而寄托之重也。我静静地翘首企盼着先读为快。

《后记》诵读一过，感到笔法圆融活转，俏语淋漓，读来如听春莺啭树，的是一番享受。而不佞得以青蝇附骥，幸何如也。

充闾

2014年2月24日

致马瑞芳

马教授：

您好！

读过《蒲松龄传》综合分析这一章，感到十分解渴，内容实在太丰富了，而在表述中，能够做到条分缕析，次第分明，允称佳构。我热切地期盼着能够早日读到大著全文，这对于我研究、读解《聊斋志异》这部名著，将会有直接帮助。

因为我非常喜欢此书，尤其欣赏它的美妙的文笔，从小就反复诵读，许多章句至今仍牢记不忘。您在文章里讲到蒲翁善用诗词，往往涉笔成趣，确是如此。蒲翁不仅文章写得好，许多诗词也写得极有韵味。记得《凤阳士人》篇中，丽人唱一首小曲："黄昏卸得残妆罢，窗外西风冷透纱。听蕉声，一阵一阵细雨下。何处与人闲磕牙？望穿秋水，不见还家，潸潸泪似麻。又是想他，又是恨他，手拿着红绣鞋儿占鬼卦。"就特别有意思。

其实，《聊斋》小说中不仅诗词曲赋十分精美，而且，大量的骈体文也极有文采。先生非常擅长这种文体，您看柳泉自题的《聊斋日志》："才非干宝，雅爱搜神；情类黄州，喜人谈鬼。""集腋为裘，妄续幽明之录；浮白载笔，仅成孤愤之书。"还有《罗刹海市》中的信："忽忽三年，红尘永隔，盈盈一水，青鸟难通。"真是优美至极，读来顿挫有致，口角生香。

大作中关于蒲翁科举应试一事，飞扬纵笔，痛快淋漓，剖析得十分深刻；特别是把蒲翁这个穷秀才的热衷仕进、屡败屡试以及"酸葡萄心理”的隐衷，刻画得纤毫毕现，洞见肺腑。

有些作者写传时，往往出于偏爱，所谓“阿私所好”，与传主分割不开，甚至曲为之辩；我自己在这方面有时也难免蹈此覆辙。您讲了几十年《聊斋》，可说是日夕寝馈其间，感情不可谓不深；却能以清醒的头脑，科学的态度，高据上游，据实剖断，也像蒲翁无情地讥讽科举那样，尖锐而辛辣地给蒲翁揭短，堪称刀刀见血，入骨三分。这一点十分难得，正体现了大学者应有的素养与品格。

王充闾

2014 年 2 月 25 日

致王志清①

志清先生：

您好！

大著《唐诗十家精讲》昨已捧读，铭感之余，至为钦佩。先生于唐诗有精深、独到的研究，不仅“垂之竹帛”，定将传世于无穷；而且能够把研究成果应用到现实的高校教学中去，洵为创辟之举。这对于南通大学的莘莘学子来说，真是偏得，更是难得的厚赐。到手后，我先看了“杜甫”一章，对其狂傲放诞的个性有了深刻的认识。孟子说：“颂其诗，读其书，不知其人可乎？”在知人论世方面，先生的功夫很到家。这样，就进一步走近了诗人，窥探了诗国中的千般奥秘、万种风情。

沪上的董乃斌教授，我们在京曾有一面之雅。他在《序言》中说到先生“讲课和为文的个性特色”——“勇抒己见，热情洋溢，直言无忌，挥洒自如”，十六个字概括得非常好，可谓实获我心。

应中国作协统一安排，我自 2012 年即投入《中国历史文化名人传》中庄子传的写作。现已面世，近日即将拙作以挂号寄呈先生，尚望得到指教。

充闾

2014 年 2 月 27 日

① 王志清，南通大学文学院教授。

致高海涛

海涛先生：

您好！《当代作家评论》的文章编选，纯粹是您和编辑部的业务，即便是我兼任作协主席时，也未曾过问，现在已退出领导岗位，就更不该管了。而且，我也实在不熟悉情况，瞎说一气，无的放矢，尤不合适。

说到绍俊先生关于《庄子传》的评论文章，此公为文一向善于寻找新的角度，颇富创见。这篇文章同样是从一个特定视角来谈，有待发之覆，谈出了新意，谈出了特点。梁任公有言："夫学术者，天下之公器也。"一部作品面世，同样就成了"公器"，任凭读者作各种理解与剖析——有一百个读者，就有一百个哈姆雷特，这是很有趣的事；倒是比整齐划一、中规中矩的高头讲章更有看头，更有意思。

这是我一贯的主张。您当记得，2006年春，我在《龙墩上的悖论》初稿座谈会上，就曾说过这种想法。前人有"良工不示人以朴"的说法，不成熟的东西拿出来，容易出乖露丑。我倒愿意听听各种意见，提供有益参考；我最喜欢"七嘴八舌"，哪怕是完全否定性的意见，听听也好。最烦人的倒是那类不关痛痒的官话、不着边际的套话。

要能谈出创见，谈出新意，需要具备创造性思维，首先是发散型思维、逆向思维，它们没有既定的模式，敢于突破常规，冲击条条框框，敢于标新立异、异想天开，有助于突破思维定势和功能固着的局限。不知阁下以为然否？

充闾

2014年2月28日

致刘文景

文景先生：

您好！

大札读过。谢谢您对我的推重与关注。

我同意您的想法——确实已经具备了加入中国作协的条件，您的散文诗写作，起步较早，在诗歌界也有一定的影响。既然您提出了请我与薛涛同志负责介绍的要求，“却之却之为不恭”，我愿意也可以参与介绍。但这里有一个情况，恐怕您也应当考虑：

散文诗，是介于散文与诗之间的一种文体，是诗的散文，散文的诗。按照文学体式分类，一般的都认为：散文诗是一种独立的文学体式，但它又是诗歌大类中的一个成员。比如历次“鲁迅文学奖”评选中，都把散文诗划归到诗歌评奖委员会里。

据我所知，中国作协讨论会员发展时，是分成若干个小组分别加以审定的，也就是组织本文体有关专家进行权衡、遴选、认定。他们的手续十分健全，工作也是比较认真的。考虑到您的创作成果、体裁门类，肯定要分到诗歌组讨论。而我，与其说诗歌组成员不甚熟悉，毋宁说，在那里，我的推荐意见并不具备说服力与权威性。（您知道，我是从事散文创作的，最熟悉的还是散文写作；又是中华诗词学会的顾问，如果是传统诗词作者，我也有一定的发言权。）

薛涛同志是优秀的青年儿童文学作家，虽然也不是写诗的；但因为他在省作协工作，直接分管这项业务，而且与中国作协创联部很熟，由他参与介绍，还是必要的、可行的。但须同时找一位诗人介绍为好。“术业有专攻”——相马，总得听伯乐的意见；而伯牙精于赋琴，却拙于识马。有鉴于此，我想还是请一位诗人介绍为好，比如请萨仁图娅或者林雪（她们都是我省的著名诗人，在全国诗歌界有较大影响）与薛涛一起介绍。那么，我干点什么呢？可以负责“说项”，帮助您请出萨仁或者林雪来。

王充闾

2014年3月1日

致古耜

近日，著名文学评论家、学者古耜以《千秋神会异代知音》为题，写出《逍遥游·庄子传》评论文章，致函称谢。

古耜同志：

您好！

展读大作，击节称赏。铭感之余，从心底里钦服您的眼力、学力和笔力。文中有关考据、义理、辞章的借鉴与论述，对传记创作转型的国际背景的分析，对当前传记写作创新的关注等，都颇有创见；特别是关于“两点不足”的剖断，至为准确、精到，我完全认同。您的文论颇得力于开阔的视野、渊博的学识、玲珑通透的鉴别能力。您把《庄子》读得至为深透，理解得深而且准，十分难得。

今年七月中旬，我将在大连白云书院讲《吾与庄子》，叙述几十年，包括文大遭厄、为官、治学、疗疴、养生等多方面所受到的霑益。如有时间，尚望临场指导。

您在文中引述李洁非先生的论点，您有他的通讯地址吗？我想寄一本给他。上世纪 90 年代初，他曾在《当代作家评论》上评论过我的《沧桑无语》，一以致谢，一以求教。

充闾

2014 年 3 月 4 日

致周正旺

正旺先生：

您好！

承询有关沈延毅先生法书事宜，我本非翰墨中人，于书道一向缺乏研究；但在上世纪80年代，曾与先生有过较多接触，也曾亲聆雅教，略知一二。

沈老的书法，书坛上久享盛誉，地位甚高。在东北是首屈一指的，主领辽沈风骚垂三十年之久。他在大连曾亲承康有为先生指导，濡染甚深。他以魏碑笔法作行书，雄强高迈，险峻苍浑，一扫书坛颓靡委顿之风，成为独树一帜之开派大师。

沈老去世后，由于誉满神州，遂有人下功夫学他的笔体，有的竟可乱真，个别人也曾在市场上借以射利。您拍到的两幅字中，“春回黍谷”，估计是真迹；而“翰墨通神”，颇不类先生风骨，似为赝品。

即颂

时安

王充闾

2014年3月5日

致林喦

林喦先生：

您好！

感谢您对我的关切与帮助。寄赠的拙作《逍遥游·庄子传》，料已达览，尚望多加指教。

有一件事，还请您给予帮助。

张震泽先生是我至为尊重而且谊兼师友的老一代的知名教授。他在国立山东大学毕业后，任教于西北大学、重庆国立女子师大等多所高校，1952年奉调支援东北，当时是辽宁唯一的文学正教授。作为我国著名的国学专家和闻名全国的书法家、画家和诗人，先生对于甲骨、金文、经学、小学、先秦诸子及古典文学都有深湛的研究，学术著作甚丰，就中尤以《孙膑兵法校理》一书为学术价值最高。

送呈的这篇文章，即是系统研究、介绍这部学术著作的力作。作者张迪为张先生哲嗣，也是一位学者。半个月前，来舍下叙谈，我们谈起了震泽先生诗文的卓越成就及印行、流布情况。回去后，他即将这篇文稿送我阅览，并委托我帮助找个刊物发表一下。

与震泽先生床头诀别已二十二年矣，此际看到书写他的文字，顿有“隔颜色而亲謦欬”的亲切之感。记得鲁迅先生说过：“一个人如果还有友情，那么收存亡友的遗文真如捏着一团火，常常觉得寝食不安，给它企图流布的。”虽然此非震泽先生之原文，更不是亡友而是先师，但那种切急的责任感，是有增无减的。

说到刊物，我首先想到了您执掌的渤大学报——您是当代学者，当能感同身受。现将文章送上，请予审核，如蒙刊载，是所至盼。

即颂

编安

王充闾

2014年3月6日

致马瑞芳

国内著名《聊斋》研究专家、山东大学马瑞芳教授来信，谈到《蒲松龄传》写作过程中如何认真听取她的学生、聊斋专家邹宗良教授的意见。略云："邹宗良原来是七八级我教过的学生，我让他对我的稿子只管改，他认认真真看了十几天，并在稿子上改，有些我根本没注意的地方都给看出来了。真是'弟子不必不如师，师不必贤于弟子'！我对牛司令（马教授对丈夫牛运清教授的昵称）说：宗良看稿有三大优点。第一，他研究蒲松龄生平三十几年了，正在写年谱，对蒲松龄生平最熟悉；第二，他做过山东大学出版社的编审，有精准的文字把关能力；第三，他是淄博人，对蒲松龄地理环境了如指掌。看到学生出息，做老师的怎么能不高兴啊？"

复函如下。

瑞芳女史：

看了这封信，我为之动容。您是我深深敬服的一位大学者，这么说，不仅仅是因为您的超拔的学术成就、开阔视野，更在于您所具有的坦荡豁达的襟怀，虚怀若谷的态度，无私无畏的精神和尊重实际、追求真理的治学理念。此种感觉和认识已经形成多年，可以说从我们相识相知就开始了，而这次撰写《蒲松龄传》过程中，对待年轻的邹教授，也包括对我这样并非蒲学专家的文友，这种精神表现得尤为彰明卓著。实在是太可贵、太难得了。有此情怀，何坚不可摧！有此修为，何高不能攀！

这样一来，我就更加焦急地等待着看这部精品大作了。

王充闾

2014 年 3 月 8 日

致金宏达

此前我已读过金宏达先生的散文集《金顶恒久远》；近日他又以新作《文笔近题》若干篇见示，细读一过，十分喜欢，留下了深刻印象，遂致函抒写了自己的观感。

宏达先生：

您好！

我很喜欢您的散文，因为它有韵味，就中尤以抒情、纪事类为然。

散文的韵味犹如人的气质、风致，简单的几句话未必能说得清楚；文章也是如此，你让我具体指认哪些句子属于这类情况，不太容易办到，但是，诵读一过，细加玩味，便可以感觉到。韵味也好，风致也好，就作家来说，原是老到、成熟的表现。比如，老杜的七律，姜白石的词，阿拉伯的民歌，纳西族的洞经音乐，你随便一接触，就会感到风致翩然，韵味十足；一般的诗词与乐曲，是达不到的。

您的散文格调高古，韵味苍凉、苍劲、苍莽，有张力，用老百姓的话讲，很“劲道”，耐琢磨；语言优雅，口角波俏，不儇薄，不鄙俗。它的形成，固然与您选取的题材、蕴涵的理趣有关，但主要的还是得之于襟抱、情怀，非历经沧桑、饱经世事，而且读书有得者不能致也。这一点很重要。黑格尔曾说，同一句格言从一个饱经风霜的老人的口里说出与从一个未经世事的年轻人口里说出，其效果是全然不同的。何以如此？因为格言在表述过程中，浸透了言说者的人生阅历和深厚的切身体验。晚明的柳敬亭说书，就具有这一特点，所以听起来别有风致，别有韵味。您出生于40年代中期，在同辈学人中，年龄不算很大，但您的阅历远胜过其他人。元好问不是说过:“国家不幸诗家幸，话到沧桑句便工。”

充闾

2014年3月10日

致孙昌武

孙先生：

您好！

近日，我一直在认真阅读先生大著《佛教文学十讲》，获益多多。这样深奥难解的教义，经您溯源导流、剥茧抽丝般的梳理和讲解，变得条贯清晰、义理彰明，不仅易懂，而且易记，十分难得。这是说读书明理；而对于做学问、搞研究，在思维方式（思考问题、分析义理、结构安排）和表述规范方面，也使我学到许多东西。您对问题、事理的表述是非常科学、准确的，讲分寸，不含糊，且又简洁、凝练，文笔优雅，叙述极具章法。堪称学者著述的典范。

读到您说的“宋元以来的发展出现重大转变，小说、戏曲兴盛起来，逐步占据文坛创作的主流地位。相对照之下，以文人创作为主体的诗文则已度过了发展的鼎盛期。文学领域的这一变化与社会发展的重大转折相关联”，我联想到当代文学的发展变化，影视、图像尽管不能全部代替但也确实征服了纸质文书，而网络又显现出逐渐战胜影视的势头，这样，所谓精英文化、雅文学也必然在以网络为载体的平民文化、俗文学面前，弃甲曳兵而走，狼狈不堪。还有，佛陀寂灭百年后，原始僧团内部分为十八到二十个教派，这与儒家在孔子死后一百多年，分为孟、荀两派，后又为十、为八的情况有些类似。研究一下教主一朝不在，教派便应势而生的现象的产生根源和发展规律，极有意思。

先生的《道教文学十讲》也出版了吗？还望赐赠，以启尘蒙。

充闾

2014 年 3 月 11 日

致辽宁省社会科学界联合会

省社会科学界联合会：

在全球化的文化语境下，立足于新时代的要求，从现代视角、以宏观视野，按照严谨的学术规范，做好传统美学的价值转化工作，亦即对于古代美学文本进行新的理解、新的思考、新的审视，揭示其基本精神、个性特征、独特蕴含以及现实意义，这确是学术界当前面临的一项迫切而光荣的使命。王向峰教授所著《中国古代美学史论》这部美学书稿，可谓“得其时哉”。

我通读王向峰的《中国古代美学史论》，明确认知书稿有以下几个特点：

1、《中国古代美学史论》对于元典有广泛深入地发掘，材料非常丰富，形成中国美学史的完整轮廓。由于中国古典美学植根于古代文化的丰厚而独特的土壤之中，通过历代前贤往哲对于美的本质及其意义的研究、探索，留下了难以胜数的珍贵的美学遗产。《中国古代美学史论》进行了细致的“历史还原”工作，深入掌握了古典美学资源，并加以准确运用。

2、《中国古代美学史论》对于古代美学研究紧紧把握历史线索，突出了主要人物、重点论著、基本观点，而且立章分节，有深入剀切的方析，把许多难懂的、玄妙的、形象性的理论概念、范畴，加以释解，成为可以实践应用的理论思想，达到了以史显论，以论带史的史论统一境地。

3、《中国古代美学史论》的研究对象是历史的存在，但对历史阐发中却展现了阐释者高超、广阔的现代视野，不仅在许多问题上能与西方美学加以比较联系，更能以马克思主义思想予以是非、完缺的认定。

4、《中国古代美学史论》是美学思想史，阐发它的范畴内涵，必须与中国文学艺术史紧密联系在一起。书稿作者对此有极大的适应性，能以大量相适的文学艺术实例，化解理论范畴的坚硬性，使书稿具有明晓畅达的文风和美育意义。

5、对于中国古代美学史的学科学术研究，在全国范围内目前尚是初级阶段，不仅应名的著作有限，而且在水平与系统上公认的著作更为少见。王向峰教授在本学科领域长期从事研究，已发表相关论文五十多篇，并有多部著作出版，是全国第三届鲁迅文学奖·理论评论奖获得者。他的这部书稿会以其学术的开创性、体系的概纳性和见解的独到性，为同行专家所推重，为文化艺术界所欢迎，为社会广大读者所认可。

在今天研究和撰著中国美学史，对于贯彻党的十八届三中全会精神，实现继承和发扬中华民族的传统文化，发展和繁荣社会主义的文学艺术和中华传统美德，树立社会主义核心价值观，具有理论借鉴、思想引导和学术建设意义。

王向峰教授对于马克思的哲学、经济学尤有精湛的研究，独步当今，别具只眼，这有所获的“鲁迅文学奖”堪资做证；而于美学，更是他的看家本领、特出长项，他的《西方美学论稿》《中国美学论稿》《中国现代美学论稿》都是我的案头书，再加上这部《中国古代美学史论》，这种多学科、多领域的创造成果，特别是整个美学研究的系统工程，充分反映出作者开阔的学术视野、严谨的治学态度与超拔的学术水平。换句话说，正是以博观圆览之力，收灵明会通之功。

王充闾

2014 年 3 月 12 日

致方勇[①]

方勇先生：

您好！

久慕清辉，未获一面，深以为憾。

2012 年 3 月，承《中国历史文化名人传》编委会约稿，撰写庄子文学传记。日夕寝馈其间，凡十六阅月，现已定稿、出版。

由于原始资料太少，而后世之研究、探讨，却卷帙浩繁。面对这种情况，如何组织、架构，如何鉴判、抉择，操作起来，难度实大。您是庄学专家，当能深谙此中甘苦。

写作中得力于先生者綦多，未便一一缕述，此处仅举一例。多年来，关于庄子故里所在，学界争议很大，东明说、曹县说、民权说、商丘说、蒙城说，不一而足；此外，尚有宋蒙、楚蒙、鲁蒙、齐蒙种种，歧见纷呈，各有所据。先生经过严肃而认真的考证，高张大纛，明确提出：庄周故里即在商丘之东北；更具体地说，也就是在商丘东北的蒙县城北、汳水南十五六里的地方。对于这一结论，我是极表赞同的，并在书中加以引述。大著《庄子学史》，开庄学研究之先河，凿通古今，涵容文史，使我受赐尤多。在此一并致谢。

近日在网上看到先生主编的八卷本《庄子纂要》和《庄子鉴赏辞

① 方勇，著名学者、庄子学研究专家，华东师范大学教授、博士生导师。

典》的书讯，已经定购，到手后，当认真研读，从中汲取丰富的精神营养。

现将《逍遥游·庄子传》送上，敬请指导。

即颂

教安

王充闾

2014年3月15日

致刘文艳

文艳同志：

你好！

来信收悉。

山村纪实的文稿看了，觉得宛转细腻、情节生动、真实感人，确实很好。联系到你过去写母亲、写农村、写各种现实生活的散文，看得出你的长项所在——观察细致，心灵感应灵敏，擅长细腻地刻画人物形象、现实场景、心理活动。这类反映日常生活，描述普通民众生活、思想的题材，你写起来轻松自如，得心应手。相对地看，对于那类思辨型的、历史性的，特别是属于宏大叙事的题材，恐怕就不那么顺手了。你不属于以理性思维见长而直抵彼岸世界的思想者类型，你的关注点和兴趣所在，似乎重点放在人生此岸亦即社会现实生活上。

世上全能型的所谓“球型人才”极少，一般的都是有其所长，又有其所短。每一个写作者都有属于自己的一方天地、一穗灯光。今后，你应该在这方面多多着力，要扬长避短，充分发挥自己固有的优势。

你过去在大公报工作，做高级记者；后来转到省级领导机关，现在又出任省作协主席，这是又一个“大转弯”，当然也是一个很好的机遇——为实现自己当专业作家的愿望，集中精力从事文学创作提供了上好的条件。你的阅历是丰富的，又是一个有心人，可以把自己几十年的生活积累认真清理一下，看看有哪些可供发掘的“家底儿”。

要动脑筋，多思考。对于那些有价值、值得珍视的事件、人物、活动，做重点的思索、升华。在对过往的经历作真实记述的同时，还应从艺术（文学作品属于艺术范畴）创造、典型概括、深度追求、意蕴发掘方面多下些功夫。

散文必须真实，这是散文的本质性特征，一向被我们奉为金科玉律；而散文是艺术，惟其是艺术，作者构思时必然要借助于栩栩如生的形象和生动感人的细节，必然要张开想象的翅膀，对于生活素材做典型化处理和必要的艺术加工。这里就有个生活真实与艺术真实的关系问题，应该处理得当。

再就是，要多读书，努力提高自己的文学表现能力，分析、概括能力和认识事物本质的能力。从你的实际情况出发，可以借鉴鲁迅、契诃夫、沈从文、孙犁、汪曾祺的小说，从中学习写“小人物”、写日常生活的经验。

王充闾

2014 年 3 月 19 日

致康启昌

启昌大姐：

您好！

看到你凌晨三点的函件，我很不安，觉得你起来得太早了，恐于健康不利，应该注意休息才是。

至于大作《王充闾少年评传》，我的不积极，兴奋不起来，主要不在于你写得如何，而在于这件事情本身。就是说，不管谁，就是起韩、柳、欧、苏于地下，由“唐宋八大家”来写，我也不会像您那样：“我快乐，我雀跃。送给了几位资深的编审，得到的鼓励超出我的想象。网上旅游一个月，网友的喝彩声，不绝于耳，我更飘飘然。”原因是我一贯奉行低调，不愿意“显山露水”，不愿意引人注意，招人议论。这是天性使然，从小就养成甚至定型了。还是那句笑话：“就是你把我宰了，我也照旧如此。”那么，有人就会问了：“既然如此，那你为什么还要写那十三篇回忆文章？”那是出于至情，我忘不了童年那些亲友、师长。他们经常入我梦中，像老杜诗中所言“故人入我梦，明我长相忆”，如此而已。

前些年，我们常相聚会，多有交往，您该记得，我是最不愿意受人注意的，无论是上峰下属，文友时贤，褒扬或者贬斥，我都无意关注；在饭桌上，我总是静坐一旁，不愿张扬，从不走动，从不起身敬酒，以免哗众取宠，引人注目。我说这些，意在证明：不是你写得不好，或有什么不妥，而是我压根儿就不愿意吸引他人眼球。在我看来，这样可以减少一切麻烦，消减许多无谓的应酬。我主要是求个安静。越到老年，越是如此。所以，当您兴奋百倍地告诉我，网上怎么怎么样，我都淡然以对，心如止水，觉得与己无关，那是您康大姐的事。

苏东坡有一首诗，前四句是："人生到处知何似，应是飞鸿踏雪泥。泥上偶然留指爪，鸿飞那复计东西。"我的心境正是如此。人的个性是无法改变的，只能请求鉴谅了。当然，对于您的辛勤而高效的劳动，对于您的一贯青睐，我还是无限感激的。

充闾

2014 年 3 月 26 日

致郝付云

海豚出版社编辑郝付云来信，略谓：“(《域外集》) 书稿整理后我们看了，王先生的文笔真是好。目前有个问题就是字数有点多，有 20 万。我们精装书的字数一般控制在 10 万字左右，最多的 14 万，您看能否再做一下精简？字数在 10 ～ 14 万为好。”

复函如下：

付云女士：

您好！

看到您的邮件，我可就很为难了。不是不能删减，而是这么弄了以后，这本书就失去了完整性。它是一种特殊情况——《域外集》属于单一题材，与一般的由多种内容集纳而成的散文集不同（这类作品集多一篇少一篇都无所谓）。书稿中概括了我在二十七年间所到过的二十一个国家的全部纪游作品。如果顶多只用十三四万字，亦即三分之二的篇章；那么，剩余的几万字又怎么处理呢？似乎去掉哪几个国家也不合适。而且，以后也不宜再公开出版，因为贵社有很高的知名度，不好重出，何况还有版权限制；不出吧，剩下这“断尾蜻蜓”，像个哀哀无告的弃儿，又觉得颇堪怜惜。此情此理，作为责任编辑，您当能理解和体谅。

为今之计，我想，您可同俞总再商量一下，可否选取下述三种处理办法：一为上策，字数多点就多点吧，作为特案对待，照出不误；二为中策，不放在丛书里，亦不用精装，干脆就平装印制，单独出版，也未为不可；三为下策，实在没办法，就退还给作者，由我另找一家出版社，也并不困难，总比这样“断尾”、“腰截”，依违两难为好。以我们这段愉快合作的经历，这当然是最不想走的一条路，但无奈之下，又怎么办呢？所以我感到太为难了。可是，这样一来，就把这个“难题”转到您的手里了。不情之请，先致歉意。

静候

回音

王充闾

2014年3月26日

附记：

第二天，即接到付云编辑复函，称：“我知道这个要求很犯难，看了稿子后，也觉得没法删减，经跟俞社长商量，我想换个开本，大一点的32开，厚就厚点，不能让内容去迁就形式。”我当即驰函致谢。

致古耜

古耜同志：

您好！

《走向经典：当代散文的高端追求》一文写得很好。奉读一过，快何如之。

关于散文经典化的问题，您说得极为透彻，而且，立论谨严，层层推演、辨析，极见行文功力，不容一些持不同意见者不受感染与触动。

所谓经典，当以库切的定义最为剀切："经典就是指古今中外各知识领域中，最具原创性、奠基性、指导性、权威性的著作。"您讲的基本内容与此完全契合。经典高据于民族精神的源头，是一个民族据以提升精神文化素质、展现聪明智慧、培育思想人格的不二法门。

"举一隅当以三隅反"，从创作经典化，可以联想到多个方面，比如，从"生也有涯而知也无涯"这一视角来看，我认为读书也是亟须经典化的；而且，还有针砭时弊的效应。当前，遭逢"读图时代"，人心浮躁，精神生活符号化，学术研究项目化，阅读感官化、快餐化，文化传媒化、明星化，欲望的满足取代了意义的追求，思索代之以官能享受，已经逐渐成为一种趋势。

在这种情势下，即使卖力气写出有价值的作品，也很难得到应有的重视，而且缺乏传播的市场——吾辈已应该知足了，只要能够写出来，就不愁发表；而有些尚未成名的优秀人才，受"马太效应"的制约，多是惨遭埋没，只能徒唤奈何。有的学人之所以不赞同经典化，这恐怕也是一个考虑的因素。

您的文章，正逢其时，不独针对“走向经典走近校园散文书系”这一套丛书，还将在整个社会中起到济时救弊的作用。

充闾

2014 年 3 月 28 日

致高海涛

海涛先生：

您好！

您评论《庄子传》的文章，我在研讨会上听了一遍，这次又认真拜读过了，感到非常好。统照古今，笔涉中外，旁征博引，胜义迭出。所论三个方面的问题，都有未发之覆、创新之见；特别是第三个问题：关于主体间性与文本间性，可谓恰中肯綮，秀出群伦。其实，您在第一个问题中，也讲了一个其他论者未予足够重视的方面：“就是‘自传事实’阙如，‘考据事实’浩繁，而‘历史事实’难辨，这就需要传记作者有一个去粗取精、去伪存真的过程，其工作是大量的，不仅需要有学有识，还需要有影响力。”有学、有识、有影响力都不敢当；但是，窃以为，它确确实实对于一个传记作者的综合能力、选择眼光、研判水准构成了巨大的挑战性，弄得不好，就会矛盾百出，徒增滋扰。其间甘苦，未可历历言也。另，文中说成书“历时三年”实际上是近一年半（共用十六个月）。

深致谢忱。兹不一一。

充闾

2014 年 4 月 11 日

致丁国成

国成先生：

您好！

久未晤谈，殊深怀想；忽奉大札，欣慰何似！

近年集中写作散文，尤其是《庄子传》的创作，牵涉了极大精力，因而对于诗词的写作与研究用力颇少，渐近荒疏；接到友人约稿，感与愧并。先生在统一印发的约稿函中，特意加上“久未联系，时在念中。我仍编刊，请您赐寄诗文大作”字句，尤其令人感动，特别是看到诸多诗友佳作迭出，读来口角生香，所谓“见猎心喜”，也激发了诗词写作的兴致。现拣选近期创作的诗词若干首送上，敬请审核。同时，奉上一篇《诗书画三绝与题画诗》的论文，虽非约稿中所要求的“谈谈个人创作体会”，但自认此类文章对于当前艺术品类研究不无小补。如果不适合发表，亦无须劳神退稿，置之纸簏可也。

即颂

编安

王充闾

2014 年 4 月 19 日

致李舫

李舫女士：

您好！

继年初读到您的散文《飘泊中的永恒》之后，昨天又拜读到《为了忘却的纪念》，两篇文章写得都非常好。您充分发挥女性为文的特长，善于把说理、思辨性的文字写成抒情味很浓的随笔，依我多年写作的体验，这颇不易为。我特别佩服您的想象力和谋篇、驭文的本事。概言之，就是感物造端，凭心构象，情与理接，神与物游。正如《文心雕龙》中所说的："文之思也，其神远矣。故寂然凝虑，思接千载；悄然动容，视通万里。"两篇，一为"观"，一为"想（回忆）"，相映成趣。这篇《纪念》，于追怀忆昔中略带着丝丝的怅惋，予人一种凄清的美；读者在咀嚼其中蕴涵的哲思的同时，感受到一种"慨乎其言"的情怀与韵味，似有吟诵晚唐诗、白石（姜夔）词的感觉。"此情可待成追忆，只是当时已惘然。"不过，这种昔梦追怀，并不恣肆张扬，而是温情煦煦，澹然释然，如云之轻，似水之淡。如果说，三峡是"飘泊中的永恒"；那么，书店就该是"寂寞里的沉潜"了。"生命中曾经拥有的所有灿烂，终究都需要用寂寞来偿还。"旨哉斯言！

王充闾

2014 年 4 月 23 日

致梁若冰

若冰：

您好！

感谢您的关注与期待。记得我们见过两次面，而且比较深入地交谈过，一直留有美好的印象。近期，我正应约赶写一部稿子，时间安排得很紧。而您提出的文稿要求，其实是比较高的，尽管篇幅不算太大，但辽河的文化底蕴不比海河、淮河，更不要说黄河，历史上不太容易找到那些文华熠耀的人与事。如果时间不急，容我从容构思，或可勉强应命；若是所需甚急，我倒可以推荐一位年轻的优秀作家，就是祝勇——您当能熟识，他是刘梦溪先生的艺术学博士，为辽宁籍人士。两年前，他刚刚完成一部《辽宁读本》，对于辽河的昨天与今天，可说是了如指掌；而且，才华横溢，为文纵心肆志，笔致恣睢。本星期天，他会回辽宁参加一个会，我能见到。如以为可，我可以代为致意；当然，若是熟悉，还是您直接邀约为好。

即颂

编安

王充闾

2014年4月24日

致马迪

马迪先生：

您好！

承询：《庄子善用减法》一文中改动的五个地方（“堕”改“坠”三处，“堕”改“墯”一处，“跕跕”改“踮踮”一处），实际上都不该改。现说明如下：

一、苏轼的两句诗：“不须更待飞鸢堕，方念平生马少游。”引自《山村五绝》，原诗四句，前两句是：“窃禄忘归我自羞，丰年底事汝忧愁。”（原诗见中华书局版《苏轼诗集》第二册439页）你们改“堕”为“坠”。其实，二者并非一个字，读音也不一样。据《现代汉语词典》，“堕”作落、掉解，并举例：堕入海中。依现在习惯用法，似乎“坠”字更通用一些；但我们是引证古人诗句，这就必须依据原著，不能想当然、凭习惯，以今例古，随意加以改动。

二、苏诗用“堕”字，源于《后汉书·马援传》（中华书局版第三册838页）。原文“堕”为“墯”。据《汉语大字典·缩印本》（206页）称：“墯”同“堕”。这里有两种可能：一是苏轼当年所见《后汉书》，即为“堕”字；二是，《苏轼诗集》编者亦知二字相同，遂改“墯”为“堕”。无论哪种情况，现在的“不须更待飞鸢堕”都是没有问题的。事实上，新版《现代汉语词典》就只收“堕”字，而废弃了“墯”字。因此，这个字没有必要再改成“墯”了。

三、“跕跕”二字，引自《马援传》原文，实在没有理由把它改成“踮踮”。

看来，我们校正古书文字，一条重要原则就是必须核对原文；由于今古文字差异，有的还需查核字书、词典，比较标准的是《汉语大字典》和《汉语大词典》。切切不可拿网上的作为依据——网上错讹连篇，有许多是半通不通或者不负责任的解答；更不应该望文生义，自我作古。

以上意见当否，请各位斟酌。

即颂

学安

王充闾

2014年5月7日

致李磊

李磊：

你好！

来信读悉。为你到青岛出版社后能够很快地适应新的环境，有效地开展工作、学习，妥善处理人际关系，感到欣慰。

至于说到文化品位、人文积淀，莫要说青岛，全国任何地方也没有能够超过北京的。但文化品位、人文素质的提高，全在于个人修炼；即使环境再好，如果个人不自觉努力，照样难以长进；一些人在金钱诱惑、物质利益驱动下，照样委琐、功利、短视、浮躁，俗不可耐。近些年，你不就是经常慨叹周围某些人的俗见、俗气而深感苦闷吗？

在新的环境里，提高自己大体有两个途径：一是要奋发读书、深入思考问题。你知道，康德终生住在一个小村子里，海德格尔也是长期在乡下，更不要说古代穷居陋巷的庄子了。但他们依靠自身的努力，最后都成了世界级的大哲学家；二是多和周围的高层次的学者、教授、报人、出版家交往，拜他们为师，虚心求教，这叫“他山之石，可以攻玉”。同样是北方海滨城市，青岛和大连比较相近，二者有可比之处。就人文环境而言，包括文史哲的研究、积淀，在我的印象中，青岛较大连为优胜；但即使是大连，也不乏层次高、识见广的人士，同样有很多可资师法的学者，所谓“十步之内，必有芳草”，“三人行，必有我师焉”。

王充闾

2014 年 5 月 15 日

致王向峰

向峰先生：

您好！

大作吟咏康平的几首律绝，奉读一过，口角噙香。就中“大美康平湖更美，诗家谁不竞吟哦”两句，使我想起幼年读私塾时，听刘璧亭先生讲的一个故事：

从前有两个举子，一为直隶籍，一为东北籍，赴京赶考，同宿棚舍。直隶生员出了一副对联的上联：密云不雨，虽有玉田难丰润；用了密云、玉田、丰润三县名字；要求东北生员也以东三省三个县名嵌入，对出下联。对曰：长春永驻，何须延寿亦康平。吉林的长春、龙江的延寿、辽宁的康平，恰相对衬，十分工丽。康平开发较晚，建城历史不过一百多年，这可能是康平历史上最早进入文学的一则故实。但此地自划入沈阳辖区后，近年建设步伐加快，现已跻身先进之林。先生多次往访，见闻多多，且有独到的感悟；如能在诗的基础上，鲜花缀锦，再写游记，此可聊充谈资也。

不过，也有传说，对联出自乾隆与刘墉之手，内容也有差异。乾隆皇帝出了上联：密云不雨旱三河，虽玉田也难丰润（里面又增加一个三河县）；刘罗锅对的下联是：怀柔有道皆遵化，知顺义便是良乡（也是四个县：怀柔、遵化、顺义、良乡）。同样精彩、有趣。

王充闾

2014年6月3日

致陈巨昌

巨昌同志：

感谢你如此认真地研读《逍遥游——庄子传》；特别是花费偌大的功力，完成一篇情感丰沛、内容充实、视野闳阔的洋洋万余言的评论文章。

我现在大连，赶写一份关于《人生不同阶段所应阅读的名篇佳作》的讲演稿；但还是抽出时间，对宏文认真作了解读；同时，遵嘱，就有些提法进行推敲。你很谦虚，愿意听取我的意见。那么，我就如实地说，文章中确实有些评价过高的溢誉之词。但我也深深知道，你待人处事一向以严谨著称，绝不属于那类缺乏实事求是态度，随便以游辞浮誉轻许他人之人。你如此立论，有些类似我写庄子，实在是出于至诚、出于崇敬、出于热爱，这样，行文所至，有时会未免过当，像孟子所说的"阿其所好"吧——这是可以理解的。

也正是为此，个别的除外，改动得很少，尽量保持着"原生态"；说句到家的话，即便想改，我又怎么改呢？

文中所引述的黎杈，为李晓虹博士笔名，我顺便予以标明。

个别地方，文词做了润色。你再仔细看看，如以为可，即请直接呈送王向峰老师，并请他予以指点。他近期正在统一编辑庄子传的评论文章，准备汇集成书。

顺颂

暑安，再申谢意。

充闾

2014 年 7 月 23 日

致李磊

李磊：

你好！

来函读悉。

承告：日昨，向一位著名学者约稿获得成功，盖由于事前做了认真准备，包括悉心研读了有关代表性著作，深谙其思想内涵；研究了对方可能提出的问题、要求，并征询了关于提高、改进编辑工作水平的意见、建议。我觉得你做得很好。今后应该继续坚持下去。

这里有三个方面的问题可供探讨——

其一，同作者（尤其是著名学者、作家）交谈，按照苏联哲学家、文艺理论家巴赫金的对话理论，这是一种真正意义上的对话。从一般语言学的角度讲，只要具备了建言与纳言这两者彼此交流的外在形式，就可以称之为对话。对话，本质上是求索一种积极的人文精神，尊重个性，崇尚人格，良性互动，平等参与。它有一个前提，就是应该是在相同（起码应该是相近）水准上进行的，即所谓有共同语言。如果一方水准很低，又缺乏必要的知识准备，"夏虫不可以语冰"，对话自然无法进行。

其二，就作者来说，作品无异于儿女。给作品选择出版社，犹如关注女儿对婆家的寻觅，总是特别看重这户人家的品位、资质、声誉。人家把作品交给你来出版，本身就是一种高度的信任。而编辑，正是认知这家出版社的一个窗口，就是说，他是透过编辑个人来考验、观察这个出版社的水准与资质的。同作者交谈，尤其是同知名的学者、作家交谈，或曰对话，可不慎欤！

其三，作品属于精神产品，是创造性的产物。作者所关注的，未必是市场销售多少、售价高低，他们所看重的是精神价值，因而每时每刻都在注意寻觅识者。如果你能深刻领会它的内在蕴涵，从中读出弦中趣、方外音，那么，就会被他看作知音，引为知己。把作品交给这样一个责任编辑，就会觉得踏实、惬意，不致有明珠暗投的遗憾。

我觉得，对你来说，这个课题比较重要，所以，在信中多说了几句。问题提出来了，如何认识，如何处理，有待你于工作实践中逐步摸索，随时加以总结。

王充闾

2014 年 7 月 30 日

寄刘学颜

学颜先生：

您好！

得知您将要编辑一部有关金源故都的文史丛书，极表赞同，为祝为颂。

黑龙江是我的旧游之地，先后到过八次，南北东西的名城胜迹、风物人情，可说访问追遍，并且写了《三江恋》《冰城忆》《青天一缕霞》《一篙如画苇间行》《长夏江村》等七篇散文，其中有关金上京的文章有两篇：《文明的征服》和《土囊吟》。

事情的经过是这样：上世纪 90 年代初，东北三省宣传部长会在哈尔滨举行。我趁会议间隙，去了呼兰，访问了萧红故居，写了《青天一缕霞》这篇散文。因为离得很近，当时又去了阿城，寻访了白城子金上京遗址。经过一段酝酿、沉淀，于 1994 年写出了《文明的征服》，七月初在香港大公报分三期连载。1995 年我的以宋代史迹为题材的散文《陈桥崖海须臾事》在香港大公报连载之后，我就想到应该再写一篇有关徽钦二帝被俘于金的散文。这样，我就寻访了坐落于依兰县的五国城，并且再次南下到了阿城，看了白城子有关遗迹和博物馆（金上京历史博物馆新馆当时尚未建成），这是 1996 年秋。次年，《土囊吟》在香港大公报连载。据大公报记者面告，这一系列散文在香港引起了热议与好评。

人们一般的印象，文明之花盛开于中土，古代蛮荒塞外的历史似乎是一片空白。其实并非如此。自古以来，生长在中国北方的一个个少数民族，就拨开洪荒的流云，燃起文明的爝火，相继跨上奔腾的骏马，闯入了历史的疆场。他们的铁骑越过万古荒原，越过长城、黄河，踏上中原大地，以其沉雄的呐喊与滴血的泣诉，共同叙述着那从梦幻走向现实的艰难历程，叙述着历史的无奈与无情；更以其蓬勃的朝气，锐不可当的攻势，给予每个从励精图治到骄奢怠惰的中原王朝以致命的冲击。而每一回合的搏斗，都昭示着中华民族从分裂、对抗走向统一与融合的历史时空，装订着一个漫长历史时代的苦难与辉煌。金代的女真人是其佼佼者。

女真族原是十分落后的，立国当时，尚无文字。但是，他们以其冲决一切的蛮勇精神和蓬勃旺盛的生命活力，铁蹄所至，望风披靡，奇迹般地战胜了实力超过自己数十倍的强大军事对手，先后灭辽蚀宋，直到把北宋的两代君王俘获到五国城下。与此同时，他们也尽情吸吮灿烂的中原文化营养，把宋、辽两国的宫藏府库的典籍、礼器，特别是文艺、学术、科技人才，尽数搜罗过去，为己所用。他们也像前代的北魏、契丹，身后的蒙元、清王朝一样，当从塞北草原跨上奔腾的骏马驰骋中原大地的时候，都在农耕文化与游猎文化的撞击与融合的浪潮中，接受了新的文明的洗礼，从而大大加速了发展的进程。令人深思的是，人类的文化无一不包含着自我相关的价值、功能上的悖谬，有时演进、发展的结果正好与原初的动机、愿望相背反。金朝正是如此。在汉化的同时，本民族固有的优势也逐渐丧失了。结果是新的文明作为一种异己力量，最后反转过来诱使它走上衰亡、腐朽的末路。

应该说，金朝的汉化程度是相当高的，某些方面可以同尔后的清朝媲美，其文化成就也比较突出。我在《文明的征服》中作过概述：“女真汉化，亦即封建化的进程，直接推进了金源文化的发展。不过几十年时间，就从建国之初尚无文字，发展到大定、明昌之际文化上的巨大跃迁，以至自立于唐、宋之林，以文治见称于史册。有金一代，不仅诗词创作达到了一个新的高峰，（数量达到一万二千多首，）而且，院本、杂剧与诸宫调也在后来的文学史上放出了异彩，为北曲和元人杂剧的发展与繁荣创造了条件。通过异质文化的融合渗透、优势互补，更使多元一体、具有丰富内涵的中华文明获得了不断发展的契机与活力，形成了兼收并蓄，集多种民族文化之长的完整体系。”

民族间的文化影响是互为作用的。经济、社会生活之外，单就语言、文学、音乐、舞美、体育、服饰、饮食方面来说，金源文化给予汉族及其他民族的影响也是显著的。

顺便说个小插曲。前段时间，辽阳一位文友曾到阿城金上京博物馆新馆参观，回来后给我挂电话说：馆藏十分丰富，品位很高，堪称一流；但是有个不足，就是只有太祖、太宗、熙宗、海陵王四尊塑像，而漏掉了金世宗。完颜雍号称中兴令主，大定年间治绩卓著，漏掉了他，是个阙失。我笑说：“你们辽阳人对完颜雍有深刻印象，因为他是在你们那里登上帝位的。无疑他是金代十分重要的英主，之所以未立石像，我想是因为他的主要政治活动并不在阿城，而在北京。不应忘记，你参观的是金上京历史博物馆。”此说先生以为然否？

遵嘱，随信寄手迹一纸，系《文明的征服》中的一页；照片一张。

即颂

编安

王充闾

2014年12月13日

致王炜烨

炜烨先生：

您好！

近期，有北京、青岛和本省的出版社，表达要出版《一个人的文学史》的意向。我对他们的青睐自是感激，但同时说明：一个多月以前，已将这部书稿送给北京大学出版社了，那里正在看，我不能“一个女儿找几个婆家”。待北大出版社明确告知不拟出版时，才能另作考量。

正好今天接到您的来函，至为欣慰。两年前，我们曾经有过很愉快的合作，拙作《中国人》的编辑出版，令我感到惬意，那种软精装的装帧实在是漂亮；而它的姊妹篇《中国理》，也已签约准备出版。“好事到了三”，那好，这次又给您添麻烦了。

书稿原来分为两部分：在《一个人的文学史》之外，还附有《青灯有味忆儿时》，是记叙童年时的生活环境与读书生活的。您的意见是把它们合在一起，我也赞同。但是，需要研究怎么个“合”法，若将《青灯》作为《文学史》的第一部分，恐怕不太合适——二者篇幅大致相同，但体例不太一致，前者记叙儿时十三四载光阴，分为三十八章，比较详细；而后者分六大部分，记叙了六十几年的岁月，主要是谈创作，也包括读书、治学等方面内容。

我的初步想法是：这本书的总题目（书名）叫《一个人的文学史》（同意您的安排，放入贵社策划的《大家自述史》系列，为了与其他书名统一，也可以名为《王充闾：文学纪历》），内容分上、下两编。

上编:《青灯有味忆儿时》；下编为《一个人的文学史》，或改为《我见文学多妩媚》。整部书的题记或序言需要重写；同时对上编的个别章节和下编的第一部分第一小节，进行适当调整，去掉重复内容，并使上下两部分接榫。

如果您认为这个设想可行，我即着手进行修整，弄好之后再将全部书稿重新送呈，请您审核。

究应如何处理，尊重您的意见。

王充闾

2014年12月20日

致闻世震[①]

世震同志：

您好！

继《古代咏竹诗编注》《郑板桥年谱》之后，最近您又精心撰写了《随猎竹诗》。读过书稿，深为您所取得的学术成就感到兴奋。钦仰之余，为祝为颂！

书稿涵蕴深厚，观点准确；形式新颖，别出心裁，很吸引人；文字也很讲究。具体提不出什么意见。总体上有两点想法，提出来，供研究参考：

其一，书稿分前后两部分，前部分感竹诗，结合多年的领导工作书写感悟；后部分感竹诗侧重于思想、启示。这么分开，各有侧重，条理比较清楚，但就全书来说，却产生了断裂、分割之弊。我以为，两部分还是合起来为好，不具体分工作与思想。事实上也分不太清楚，常常是你中有我，我中有你。比如，328页《马鞍山纪行》，本在后部分，谈的却是工作。莫如把两部分统筹划一，按时间顺序编排。

这样做，有两方面好处：一是，本书属于文学随笔，与一般领导干部的文集不同，它的生命力、存在价值主要不在于领导工作，而在于一个高级干部的哲思妙悟，这是大家所钦佩与折服的。至于领导工作（包括中央某领导怎么谈话、评论），对一位省委书记来说，原属

① 闻世震同志退休前曾任中共辽宁省委书记、全国人大常委会委员。

题中应有之义——哪个人总结起来，都能陈述许多，没有更突出的特点。有鉴于此，统筹编排，可以强化哲思妙悟，而适当淡化工作领导（不是不提，只是不特意加强）。其实，对于一位退出领导岗位的同志来说，前人有言“功业渐随流水尽，文华长与岁时新”，能使“文华”与“岁时”长新，这是他人所难以企及的。二是，伴随着可读性的增强，文学随笔特征的鲜明，读者面会更广，而不止限于那些熟悉的领导层，所面对的将是全国各地的广大读者。

其二，书稿题目应该改一下。“随猎”二字，前人已经用过，而且有其特定含义：康熙幼子、雍正之弟慎郡王允禧曾有《随猎诗草》和《花间堂诗草》，郑板桥曾参与编纂并作跋。《清史稿》列传记载，允禧在康熙五十九年曾“从幸塞外”，可见，《随猎诗草》乃是作者随康熙御驾狩猎所作之诗。

我的意见，书名可改为《竹悟》，由读竹、画竹、咏竹而产生的感悟。虽然没标“诗”的字样，但内容已经表明，可以略去；也可改为《感竹吟》，由竹而感，由感而吟，也十分贴切。

所见未必准确，仅供参考。

充闾

2014 年 12 月 31 日

致杨利景

利景同志：

惠寄的《今日辽宁》杂志已按期收读，谢谢。我觉得这是一份宣传辽宁、讲好中国故事的质量上乘的期刊。

就办同类刊物来说，若论人文风物、文化积淀、历史地理等基础条件，我们辽宁不如江南、京津一带，也就是可供对外宣传的题材相对薄弱一些，而且，由于文科院校、社会科学研究部门较少，作者队伍也相对薄弱一些。我们的编辑同志能够奋发努力，避短扬长，挖掘潜力，勇闯新途，这是值得肯定的。反映在刊物上，题材比较丰富，基本上能够体现本省的特点；作为外宣读物，能够寓立场、观点于事实之中，通过实际事例说话，不武断，不张扬，文笔从容，使人乐于接受，这是对的；它不属于文学刊物，但有文学艺术品格，有图像，有故事，取材新颖，文字比较讲究，能够引人入胜。

希望下一步在题材方面能够进一步开拓，由表及里，深入发掘。仅举一例：风物之外，可以借鉴中央电视节目的成功经验，反映一些科学创新、技术领先方面的高端人、事。辽宁在这方面是具备一定优势的。但难度颇大，要求较高，写出来，在保密前提下，让人看得懂、又爱看，谈何容易！常常是：懂行的写不出来，文笔出众的又是门外汉，像徐迟那样写得出《哥德巴赫猜想》的作家，太少了。

所谈的都是随想，未必妥恰，只供参考。

王充闾

2015 年 6 月 4 日

致彭定安

定安先生：

您好！

大作[①]读罢，真是从心里感激。它是双重的：一是您对拙作的关注与期许，并认真加以评点，使我受到了鼓舞，增强了信心，更从中领悟到许许多多以前所未曾注意、未曾感知的道理；一是高温盛暑之下，您不辞劳苦，穷数月之功毕此一役，这种真挚的友情、认真的态度、拼搏的精神，令我感动，我将永生铭志。

连日来，反复展读，既作为谨严的学术著作，又是精美的散文随笔，一字一句，反复玩味，仔细对照、比较，力求得其精髓。说到文章的品位，确是高质量，大视野，有真意，富哲思，博征引，启新知；而其会通中外，融贯古今，要言不烦，言必有中，尤为他人所难以企及。我觉得，您写作这类学术笔记，具备多方面的优势，起码有四点：一、博古通今，学兼中外，对于现代西方新知谙熟于心，信手拈来，能够以圆览之功，收会通之效；二、您写过《创作心理学》《文化选择学》和关于鲁迅研究等大批量的专著，在此基础上，撰写这一读书笔记，有如耍过八十二斤青龙偃月刀的关云长，随手舞动三尺龙泉剑，自然游刃有余，“优为之”了；三、您久历沧桑、饱经忧患，且精通哲学、历史，在知人论世方面独具慧眼，特别是对于所评对象

① 彭定安先生读过拙作《青灯有味忆儿时》《我见文学多妩媚》后，细加评点，写成七万言的《我从〈妩媚〉见文学》。

的为人为文，极度熟悉，这样，就能鞭辟入里，恰中肯綮；四、写作笔记、评点类作品，是您的学术长项，因而从容潇洒，举重若轻。

能够获致您的慧眼灵思加以点评，在我来说，洵属三生幸事。如果说，2013年、2014年，《庄子传》的杀青，《我见文学多妩媚》的草成，值得一记；那么，今年关乎我的文学大事，便是此评点的隆重推出——青蝇附骥，“妩媚”真的会“春色十分”。历史上，常有这种情况，原作初始时并未引起人们关注，后经名家披览、评介，最后一纸风传，所谓“一登龙门，则声价十倍”。左思的《三都赋》就颇得力于张华、皇甫谧的赏鉴，最后才“洛阳纸贵”的。

文中所提建议，如关于辽、金文化历史以及萧观音、耶律倍、萨都剌、耶律楚材等的写作，我都一一记下，争取能够早日完成。

整个文字，我已读过数遍；个别地方，小有斟酌。您的文章讲究章法，结构严谨，案无虚设，只是个别地方有点改动。说明如下：

一、当时呈送给您的文本，《青灯有味忆儿时》与《我见文学多妩媚》两部分，作为上下篇，是合在一起的，前面写有一篇序言；后来，青岛出版社和北京大学出版社，要分别出版这两部分，这样，我就各写一篇《题记》。您从《序言》中看到“三分人事七分天”这句引诗，并且加以评点，放在全文的开头；可是，《题记》中引述时是在《我见文学多妩媚》部分，所以，我就把这段文字挪到后面去了。

二、《我见文学多妩媚》部分，有两点改动：一是，关于歌德、托翁、瞿秋白和少帅、庄子的评点，您放在第五章了，现在，我按照原文的顺序，把它移到第六章里；二是最后几段，我给加了个《余论》总题，觉得这样更集中、更醒目一些，不知当否？

三、拙作第六章原题：《攀登，痛并快乐着》，作为正式文本，我已加以改动，但还是保留了您的意见，只是在后面加个附注。

敬致谢忱，并颂

暑安

充闾拜上

2015年8月3日

致原学玉

学玉同志：

您好！

大作《豹隐城隅骚坛高手》，我认真拜读了，很好。对公眉先生诗作的分析、赏鉴，十分透辟，也提高了我的认识。实在提不出什么修改意见；如果求全责备的话，我倒觉得，应该说说公眉先生诗句用典问题——这是他的诗作的突出特点之一。本来，诗不同于词（如所周知，辛弃疾词用典最多），特别是七绝，没有七律那样的深度、容量、蕴涵，完全可以在典故运用上不作更多考虑；但吕先生胸中有海量的古代诗文积淀，顺手拈来，皆成妙谛，出经入史，故典层见叠出，不胜枚举。仅您所引诗中，就有“短衣”、“鸠杖”、“强项”、“蜡屐”、“鲰生”、“黄庭”、“刘郎”、“一盂饭饱”、“零涕君前”，等等。

捧读宏文中，发现引诗有几处误植，请加改正：

引吕诗“刘郎重来兴偏豪”，应是“重到”，否则不合格律。

“连云楼阁望中迷”，“连云”误为“连去”。

“浊酒未饮心先笑”，“仄仄仄仄平平仄”，我怀疑“浊酒”应是“浊醪”。

“豪华落尽见真淳”，是元好问诗吧？“淳”误为“纯”。

龚定庵诗：“莫信诗人竟平淡”，误为“莫信陶潜竟平淡”。

上述摘误，只是根据平仄格律，未对照原文，请斟酌。

另外，拙作《柳荫絮语》，“荫”误为“阴”。

由于此文要公开发表，一处小疵也应修改：在谈到吕作《杏花小记》时，说："先生的两首小诗"。"小诗"说法欠妥，应改为"七绝"。

多谢关注，即颂

暑安

王充闾

2015年8月6日

致夏志坤

志坤同志：

你好！

来信读悉。知近况很好，诸般顺遂，谨为祝颂。

信中提到，根据自身实际情况（包括身体、家庭等方面），你已向组织部门提出提前退出领导岗位，并办理病退手续的请求，我觉得这一选择是可行的。你素以有头脑、有思想、学有所成见称，我相信，这样做肯定是经过深思熟虑、认真权衡利弊的。按说，经过有效的治疗与调养，你已经恢复了健康，坚持继续工作下去，当无大碍。但考虑到配偶远在厦门，长期两地分居，确实存在困难。特别是如你所说："生病以来，上苍给我机会让我好好思考并反省，所以我愿意借此转身，在今后的时光里加倍去努力，做一个更真诚的自己，更懂得感恩生命并珍惜生活。"我相信这是你真实的心声，是你做此抉择的最终落脚点，或者说是决定提前退休的根本理由。

你是出生于上世纪60年代之初吧？现有高级职称，任副处级职务，按照新规定，可以到60岁退休，至少还能在机关工作五六年时间，而且，完全有可能晋职晋级。而你却一反常规，舍此不顾，主动"做减法"，实行"华丽的转身"。其实，按照你的气质、个性与爱好，从政并不见得是最佳的选择；如果可以从头做起，你或许会选择做学问或者搞科研的。人生苦短，机遇难求。离开仕途之后，你当能获得更大的活动天地，可以从心所欲，安排自己的行止；同时，家庭得以团聚，共享天伦之乐。这也算是"失之东隅，收之桑榆"吧。

当然，在大多数人心目中，对于你的做法恐怕难以理解，会认为这是书生之见，“傻帽”一个。一般人往往从功利出发，存在对比、观望、计较心理，莫要说主动提出早退让位，“把到嘴的肥肉吐出去”；即便是正常到点，有些人还会徘徊瞻顾，恋栈不置；个别的甚至要改履历、延后出生年龄，无非是为了在机关里多混上几年。单就这一点来说，我也觉得你不同凡响。

现在，人的寿命很长，你还有三四十年的时光可供支配，有条件实现自我，作出许多骄人、耀眼的成绩。五十几岁，开始了人生的第二黄金阶段，现在急流勇退，重新进行事业选择，尚不为晚。不过，大前提还是身体条件，无论如何，也要保证有个健康的体魄。在此基础上，从事一些自己所祈望、所追求的事业，研究也好，写作也好，都会比在职时整天呼呼啦啦、为人作嫁、毫无自我，从容得多，舒心得多。至于说到损失，不过是减少一点收入，其他什么也不少；领导并不好当，权力是双刃剑，何况，你本来就没有多大权力，更没有什么权势欲、攫取欲。这样很好，清风两袖，自在逍遥，“仰不愧于天，俯不怍于人”，切实达到了心安理得。

记得列夫·托尔斯泰曾说：“如果一个人想超出他人的财富、名望、官职，那么，无论他成为一个什么样的大人物，他将永远不会获得满足，他也将永远不会获得安宁与喜悦。如果他明白，在他身上存在着那存在于所有人身上的神圣本源，那么，无论他生活状况怎样，他立刻就会变成安宁而喜悦的人，因为他将明白，在他身上存在着那世上至高无上的东西。”书此，以为赠言。

祝你健康、快乐！

王充闾

2015 年 9 月 7 日

致周人

周人同志：

受挚友张恩华同志嘱托，我认真研读了您的散文作品，并记下了一些观感。

好的文章应该能够引起读者的共鸣，所谓“善歌者使人继其声”。李白诗云：“此夜曲中闻《折柳》，何人不起故园情。”闻曲尚能如此，那么，当看到逼真而生动地描写故园的文章，当然更能感发兴起。我的故园也在辽西，锦州更是我的旧游之地。所不同的是，一在古城的“三家巷”，一在荒原的“蓼儿洼”，但其缠绵悱恻、宛转低回，与夫亲情乡思、童趣童心，当无更大的差异。

研读过程中，突出感到您有较好的艺术感受力，又具备相当的文学修养与驾驭语言文字能力；知识面宽，视野开阔，旁征博引，内涵比较丰富，特别是笔势放得开、收得拢，颇为难得。此其一。

其二，行文叙述中，夹叙夹议，有张有弛，不拖沓，不错乱，娓娓道来，层次大体鲜明；叙述中有人物，有描写，有细部，有情节，比较生动传神，而且有时夹带着情趣、笑料。

其三，语言较有特点，词汇比较丰富，既浸淫于通俗文言说部，又带着典型的辽西口语，且有文学色彩。

其四，以故乡、亲情、童年为经，以社会风习、人情世故、里巷传闻为纬，织成一幅幅新中国成立前后的辽西古城的社会风情画。有一定的地域文化传承、乡土文化发掘、传统文化积累的意义，以及社会、思想的认识价值。

看得出来，您读书甚多，长于思考，而且具有一定的艺术感受力。

应该说，达到了公开出版水准。但是，不足之处也比较明显，我想结合意见、建议来陈述一下：

一是，近十万字的长篇，您一口气写下来，虽有段落，但未分章节。我的意见是，应该按内容结构分出章节，以方便解读，彰显理路、脉络。这样，在通盘设计中，可能有些地方需要适当调整。

二是，出版前，凡有诗文引述，都要认真查对原文，务求准确无误。这是一项硬功夫，靠现有的一般编辑纠错指谬恐怕不行——他们缺乏足够的古文修养、知识积累与学术水平。以您的水准，相信只要认真，可以做到。当然，也可请精通文史的老学究帮忙。

三是，要准确使用标点符号。还有个别字，如“既”、“即”如何分清，恕不一一列举。

四是，原有书名，不太理想，我看可在下面两个里任择其一：《故家门巷》或《旧时光景旧时情》。

所述意见未必得当，仅供参考。

王充闾

2015 年 12 月 7 日

致叶廷芳[①]

廷芳兄：

您好！

惠赠的四部著作都收到了，多谢多谢。您是德语文学研究专家，又有深湛的中文功底，因而在做学问、写文章时，能够以博识圆览之功，收中西会通之效。我特别喜欢您的作品。由于对卡夫卡感兴趣，《致密伦娜情书》到手后，立刻展读开来，中午都误了饭时；昨晚又读了《跳动的音符·大家风范》中的几篇散文，所述钱锺书、杨绛、冯至、何其芳、朱光潜、杨宪益诸前辈，风华绝代，您的文笔也朴实、优美，交相辉映，相得益彰。陶渊明有“闻多素心人，乐与数晨夕”之句，这是一种理想境界；何况您所接触的还都是学术大师、文坛泰斗！此乃机缘凑泊、可遇而不可求的，令人由衷艳羡。

说到域外出游，确如吾兄所言，非复当年体魄矣，“欧洲还有不少地方足迹未及，总不甘心。但参加一般的旅游团，恐怕跑不过人家，得自己组团，约四五个知识相当、兴趣相投的人，慢慢悠悠地闲逛；住得体面一点，吃得好一些，目的地也由我们自己定”。不过，这样的条件，一般情况下是难以满足的。

展读大作，知吾兄乃浙西衢州人士。这里也是我的旧游之地。因为从小就熟悉白乐天《轻肥》中“是岁江南旱，衢州人食人”的诗句，原以为这里当是贫瘠之地，实际上非常饶富，而且人文景观甚夥。

---

① 叶廷芳，著名学者、作家，中国社会科学院外国文学研究所研究员。

1999 年踏访此间的两处著名景点，我曾顺口闲诌了几首七绝，奉上，借博一粲：

雾中访江郎山不见（四首）

千里驰驱历险艰，茫茫迷雾隐三山。
世间尤物难消受，归抱舆图纸上看。

雾锁云封迷壮观，千重素帐裹羞颜。
江郎也似新娘子，头未梳成不许看。

吟魂缭绕雾云间，妙绪幽思涌巨澜。
倩影何妨凭想象，羞花闭月美千般。

撑持天地与人看，除却江郎莫话山。[1]
今古一齐提胃口，只听吆喝不开盘。

烂柯山

烂柯山下少人行，不见王生[2]见石枰。
斧柄未留留话柄，仙凡一样重虚声。

王充闾

2015 年 12 月 11 日

---

① 这是当地盛传的两句话。前者为辛弃疾咏江郎山名句，后者是今人的赞语。

② 相传晋时樵夫王质入山，见两个仙人下棋，一局未了，回头发现斧柄已经烂了。烂柯山由此得名。

致叶廷芳

前信发出后，即接读回函，多承奖饰。并且谈到："衢州市现在正作为国家重点休闲度假区来建设，去春曾在一个山村住了一个月，极惬意。什么时候我们一起去住个把月如何？如有意，时间最好安排在五一前后。"

回复如下。

廷芳兄：

您好！

谢谢您的期许与青睐。

衢州之游，大体上可以敲定。我的小孙女就读清华，原定五一回营口老家探望，我可于五月三四号，由营口直接抵京，咱们在衢州若住到二十日，也有十六七天吧。您看这样可否？

此行，咱们只是作为一般游客，无须当地特意安排，这样，可以免除许多干扰。咱们在一起，为的是以文会友，畅叙诗文，大概也不会用多少车，千万不要给亲友添麻烦——这绝不是客气，而是为了求得清静。我是一个典型的书生，自小就性喜安静，不惯应酬；到老了更是珍惜时间，"开编时与古人游"，整天与书为伴，动脑动笔，足不出户，不喜欢社会交往和参加活动。文学圈内，朋友不少，但多是止于通信，即便同城也很少接谈，尤其反感那种张扬喧嚣的餐叙、轰饮，避之唯恐不远。看了您在散文中记述的钱（锺书）杨（绛）夫妇的行迹，可谓实获我心。

所以，咱们在那里，千万别惊动官府，也包括戚友。说句到家的话，出于钦慕，我只想听您讲讲西方文学以及其他方面的治学心得。比如我最近在看毛姆的《月亮与六便士》；根据鲁迅先生的提示，还拟翻阅一下法朗士的《泰绮思》，很想获得您的教示。至于三衢风景，虽是旧时相识，而今也只限于“相看两不厌”吧，登山临远，由于腿关节不好，可能会受到一定限制。

大框定下之后，详细安排，届时我等候通知。

充闾

2015 年 12 月 13 日

致王为松

为松先生：

您好！

大作《文字的背影》收到了。非常感谢，更非常高兴。当然，也有点不好意思。您说“小书”，我就信以为真，哪知竟是三四百页的大著。一下子要了两本，太不客气了。但我实在是喜欢，更想让同样喜欢您的作品的文友分享这种“读书之乐”。由于我的文字沉闷（恭维我的人说是厚重），有些像入定的老僧，时常板着面孔；而您和晓群先生的文笔跳荡鲜活，酷似青春倩女，清新靓丽；为了调剂与补救自己的不足，所以特别喜欢二位的作品。书一到手，就看晓群的序言和您的后记，真是痛快淋漓，口角生香。当我读到《爱书人都爱黄裳》一篇，更是油然忆起我和先生沪上相聚的情景。屈指算来，已经整整十年了。您惠赠的《黄裳文集》，时时摆在案头，芸香尚在，而黄公这位文坛巨擘已身归黄土，思之黯然……说过这些，再谈贵社近日编印的这本《王充闾散文精选》，实在是凝重大方，且精美漂亮已极。这部选本，我很看重，因为它比较完整地反映了我四十年来散文作品的概貌。而其得以问世，全凭您的鼎力支持，使我铭感于衷，永生难忘。

敬致谢忱，即颂

年祺

王充闾

2015年12月28日

致王为松

为松先生：

您好！

大札中谈到："这些天陆续读您的《精选》，深感沈昌文与苏叔阳先生所言极是。此书您是否需送上海哪些老友新朋，我们可以代为送达。"令我感与愧并。我有两句话，时常挂在嘴边："不能忘记老朋友，常感人间万种恩。"我正在酝酿就此写一组系列文章，若能成书，是所夙愿。

在上海，曾经予我以直接指导、为我所敬重的师尊，柯灵、黄裳先生不在了；现在还有几位：华东师范大学的徐中玉教授，早年为我的《清风白水》一书写过评论；上世纪90年代之初，上海大学的吴欢章教授为我的诗集《鸿爪春泥》写过序言；东方出版中心的施伟达、张爱民先生，是我的《沧桑无语》《何处是归程》《张学良人格图谱》《皇帝原来是苦工》《历史上的三种人》等多部作品的责任编辑；散文家、诗人、《上海文学》主编赵丽宏先生，多次刊发我的作品；作家、学者葛剑雄、赵鑫珊、陈子善先生都曾赠书、通信，进行学术交流；主持《万象》笔政的陆灏先生也是忘年交、好朋友。还有几位交往亦多、令我感佩的文友，就不一一列举了。

"投我以琼瑶"，我只能"报之以木桃"了。只不知是否有可能：上述各位各赠一册？如有困难，剩下的容我陆续寄送。

先致谢意。

王充闾

2015年12月30日

致孙昌武

孙先生：

您好！

接读来函，至为欣慰。

近年我基本上没有外出，包括有些出国旅游和名城胜地文学采风活动，也都辞谢了。虽然身体还能支持，但心境已经有些淡漠了，一切都有“曾经沧海”的感觉。这也许就是老态吧？但是，对于旧日的师友，却充满了怀念之情。想望着能和您联床共话，促膝交谈，畅叙离衷，请益学问。

陆游咏《菊枕》有两句诗：“人间万事消磨尽，只有清香似旧时。”我借用过来，换了一个字，“只有书香似旧时”——爱书的情怀不曾稍减。在这方面，您给我作出了良好榜样。

祝身健笔健！

充闾敬复

2015 年 12 月 30 日

致徐中玉

尊敬的徐先生：

您好！

先生幸福地度过百年华诞，现在又伴随着新年钟声，重开甲子，再启新元，跨上了新的百年征程。值此大喜大庆之日，请接受我这远在三千里外的北方学子的诚挚祝颂和深情的问候。

早在二十几年前，先生就曾在《人民日报》上撰文，评介拙作《清风白水》，许之以“如江上清风，山间明月”，进一步指明了写作方向，尔后一直关注着我在文学道路上的成长，令我铭感五中，没齿难忘。

近日，承蒙上海人民出版社鼎力支持，编印出我的散文选本，展示了三十余年的创作历程，揭橥了发展概貌；装帧设计精美大方。玩赏之余，亟想以野人献曝之诚，敬呈先生一览，借以汇报自己学习写作的点滴收获，同时，以之聊充“不腆之仪”，回报先生的隆情厚意，恭祝先生的南山之寿、四海文名。“秀才人情纸半张”，达意而已。还望先生时时有以教我。

春节将至，提前拜年了。

充闾敬候

2016年1月2日

致王丽文

丽文同志：

晨练中你谈到，在为优秀文艺活动家、艺术家安波同志作传中，对于他的宅心仁厚、爱人如己、与人为善、乐于助人的事迹感触颇深。在我看来，虽然这只是一个侧面，但它充分反映出传主的道德观、价值观、人格魅力与精神境界，涉及伦理学、心理学、行为学、社会学等范畴的多项课题。作传也是写史（当然，你是以文学的手法来写），既包括陈述史实（讲实际事例），同时还要展示史观（加以分析、判断），二者缺一不可。有叙有议，而不是停留在事实的罗列上，这样才能有深度、有分量。

这种分析、判断，往往体现在知人论世、循名责实上。这是中华史学的优良传统。而要“知”要“论”，就须遵循一定的标准、尺度；或者说，选择一个恰当的视角。从前有两句老话：“论心不论迹，论迹贫家无孝子；论迹不论心，论心世上少完人。”心，指本心、动机、意愿；迹，指行为、结果、实效。合起来，也就是动机与效果、意愿与实际。所谓“论心不论迹”，就是看一个人动机如何、是否尽了心，而不是只以其表面行为作为评判标准。评判一个人尽孝如何，如果只看做了多少，奉养是否丰厚，那么，贫家子女受条件限制，肯定无法同富家子女相比。与此相呼应，又有“略迹原情”的说法，即撇开事实不谈，而推究其本情。明末张煌言《答赵安抚书》中说：“英君察相，尚能略其迹而原其心，感其诚而哀其遇。”说的就是这个问题。那么，“论迹不论心”呢？就是看他的一贯表现，而不必苛求、探究他平时心里都想些什么。前人论史，有所谓“诛心之论”，也就是“动机说”，有些批评不是扣准对方的行为、语言，而是绕过行为、语言去诛求心理、动机。在这样的苛责之下，古今中外也就没有完人了。

这里说的是两种不同的评判标准与观察问题的视角，但不应把它们对立、分割开来，而是强调二者的辩证统一，避免产生片面性。

我近来构思关于弘扬感恩意识的文章，同样遇到这个问题。记恩、知恩、感恩、谢恩、报恩，都需树立全面、正确的观念，坚持辩证统一的观察问题的方法。

王充闾

2016年1月8日

致康启昌

启昌大姐：

您好！

大作《李仲元传·前言》拜读一过，很好。敲金戛玉，优雅动听，文势奔腾，跳脱活跃。大姐的文学语言实在是没比的，堪称妙手。

写李先生的传记，还不忘敲打老弟几句，所谓“胸有不平则鸣”是也。只是这种敲打，皮肉并不疼痛，更没有“触及灵魂”，充其量像挠几下痒痒，或者蚊子叮上一口。谢谢你的恩典。

你总是因为没有写成我的传记，而“心有戚戚焉”。其实，你该理解，写我的传记，难度不小。首先是必然要描述入仕后的情怀、行迹、修为、纠结。这样一来，难免会牵涉许许多多事件、人物、内情，其间自有诸多挂碍。这是不言自明的；而且，你胆大如拳，纵笔无忌，又富于想象，真怕你在某些方面乱加花点，以求吸人眼球；至于你拿我和李先生作比较，这完全是“拟于不伦”。须知，李是书画名家，摆弄艺术所忌讳的是规行距步，疏狂豪放是其本色，否则还有什么独创性之可言？他才不在乎你写什么传记哩。我就不同了，于“作家”之外，还顶着个“领导干部”的头衔——二人身份有异，自然就有放得开、放不开之差异。所以，根本不是什么“恐高症”，无非是安分守拙、保持低调而已。漫说李先生属于文质斐然、彬彬有礼一类，即便是纵情潇洒，诗酒风流，甚至像李太白那样高歌狂吼“鸣笳按鼓戏沧流，呼取江南女儿歌棹讴。我且为君搥碎黄鹤楼，君亦为吾倒却鹦鹉洲”，也不会为人诟病，目为疯癫。但是，我那样能行吗？恐怕你也做不到——尽管你的头上并没有一顶乌纱帽。

要给《前言》提意见嘛，只有一点，《四时读书乐》乃宋末元初诗人翁森之作，并非出自朱熹之手。你这么“乱点鸳鸯谱”，要提防着地下的老翁头吹胡子瞪眼，捉你到案，控告侵权呢！当然，朱熹的诗也很好。你游览过闽西北的武夷山，那里镌刻着他的《九曲棹歌》，苍凉隽永，逸韵悠然。“虹桥一断无消息，万壑千峰锁翠烟”，“金鸡叫罢无人见，月满空山水满潭”，比起那《四时读书乐》来，还不觉得逊色吧？

充闾

2016年1月12日